LOTTANDO PER LEI

PROGRAMMA SPOSE INTERSTELLARI ®, LIBRO 12

GRACE GOODWIN

ISCRIVITI ALLA NEWSLETTER

Iscriviti alla mia mailing list per essere il primo a sapere di nuove uscite, libri gratuiti, prezzi speciali e altri omaggi di autori.

http://ksapublishers.com/s/bw

1

apitano Seth Mills, ReCon Unità 3, Settore 437, Mercantile controllato dallo Sciame

IL FUMO OSCURAVA l'aria mentre il mio team avanzava lungo gli stretti corridoi della piccola nave mercantile e posizionava gli esplosivi. Lo Sciame aveva mantenuto il controllo della nave per le ultime diciotto ore. Troppo, per gli standard della Coalizione, il che significava che dovevo fare irruzione con il mio team, salvare i guerrieri Prillon incatenati nella sala macchine e far saltare in aria quella cazzo di nave in un milione di pezzi.

"A me sembra uno spreco, signore." L'uomo di fianco a me era Jack Watts, un ex Navy SEAL con un marcato accento del sud che lo identificava facilmente come di Atlanta. A parte il fatto che fossimo entrambi nati sulla Terra, non avevamo nient'altro in comune. Io venivo dall'esercito e non tolleravo le stronzate. Jack, d'altro canto, faceva parte della marina militare, di cinque anni più giovane di me, e ogni volta che andavamo in missione gli occhi ancora gli brillavano eccitati.

E lui non aveva nemmeno perso due fratelli per mano di quel cazzo di Sciame.

"Sta' zitto e piazza le cariche, Watts," gli dissi ringhiando. "Conosci le regole."

Piazzò l'esplosivo sul muro vicino a noi e premette il pulsante per attivarlo. "Lo so, ma mi sembra uno spreco far saltare in aria tutte queste navi solo perché lo Sciame le ha occupate per qualche ora. È pur sempre la nostra cazzo di nave."

"Non più." Avevamo tre ore di tempo per eliminare tutti i soldati dello Sciame a bordo della nave contaminata. Era troppo pericoloso lasciarla tornare a far parte della Flotta della Coalizione. Proseguimmo lungo il corridoio nebuloso, davanti a noi due soldati in avanscoperta, e il resto che ci seguiva controllando le cariche e guardandoci le spalle.

"Umani, piantatela di blaterare e portate le chiappe qui. Abbiamo un problema." La voce aspra di un guerriero Prillon che conoscevo mi giunse attraverso il canale della Coalizione, forte e chiara. Insieme alle grida dei guerrieri, ai colpi di fucile, e alle urla che ordinavano a qualcuno di *bloccare la porta*.

Accelerai il passo. "Dorian. Sono Mills. Che succede?"

"Lo Sciame ha fatto saltare in aria la porta. Stiamo resistendo, ma hanno abbattuto mezza squadra. Non dureremo a lungo."

"Quanti?" Cominciai a correre, i miei uomini che mi tallonavano, tutti spronati dall'urgenza che avevamo colto nella voce del pilota. Dorian Kanakor era un figlio di puttana grande e grosso, uno dei migliori piloti del nostro settore. Aveva un fratello e un cugino che servivano nel Battaglione Karter, e ogni volta che entravano in una stanza sembravano tre grossi leoni. I capelli dorati, la pelle dorata e gli occhi gialli. Il più grande dei tre, Xanthe, il fratello di Dorian, andava in giro con in volto un cipiglio perenne.

"Almeno dodici. Forse di più. Ne hanno trasportati il doppio, ma siamo riusciti a ucciderne almeno sei, e il resto se n'è andato sul ponte di comando." Dove potevano cambiare la rotta della nave e caricare i programmi contaminati dello Sciame nei sistemi della nave.

"Cazzo." Quello era Jack, e io non ebbi il cuore di strigliarlo. Mi sentivo esattamente allo stesso modo.

"Soldati o Ricognitori?" chiesi.

"Soldati e..." Quella lunga pausa mi rese nervoso. Sbattei le palpebre. Gli occhi mi bruciavano per il sudore.

"E?"

"Hanno un Atlan. Beh, quello che ne rimane."

Era impossibile, cazzo. Tutto il mio team si bloccò. Se fosse stato vero, saremmo tutti morti. "In modalità bestiale?"

"Non ancora."

"Ricevuto." Non sapevo se lo slang della Terra sarebbe stato tradotto bene o no, né mi importava. Mi voltai verso la mia squadra. "Azionate le cariche. Dieci minuti."

Nessuno si mise a discutere. O avremmo raggiunto la squadra Prillon, oppure no. Ma, in ogni modo, una bestia Atlan catturata e trasformata dallo Sciame? Doveva morire. Questa nave, e chiunque vi fosse a bordo, doveva essere distrutta.

Incrociai e sostenni lo sguardo di ogni uomo e dell'unica donna che componevano la mia squadra. Li guardai, uno ad uno, aspettando il loro assenso. Una volta premuto il detonatore – l'unico telecomando in grado di far esplodere tutte le bombe assieme – sarebbe cominciato il conto alla rovescia.

Chiusi gli occhi, feci un respiro profondo, li riaprii e li mossi per selezionare il comando giusto sullo schermo del mio visore. Mi toccai il polso e partì il conto alla rovescia. I numeri rossi apparvero nell'angolo in alto a destra dei display di tutti quanti.

"Controllate le armi. Massima potenza. Non mi importa se facciamo un buco in questa cazzo di nave. Lo Sciame non può sfuggirci." Gridai ordini e ricominciai di nuovo a correre verso i nostri nemici, informando il mio team del piano mentre ci affrettavamo. "Io e Jack andremo a sinistra. Tutti gli altri resteranno indietro fin quando non li attireremo verso la prima svolta del corridoio. Li attireremo lontano dalla squadra Prillon e li uccideremo nel piccolo corridoio laterale."

Di fianco a me, Jack aveva un'espressione arcigna. "E se l'Atlan andasse in modalità bestiale?"

Jack conosceva la risposta alla propria domanda, ma l'intera unità aveva bisogno di udirla. "Lo teniamo occupato fino a quando non esplodono le cariche. Qualunque cosa succede, nessuno, ripeto: nessuno deve superarci. È tutto chiaro?" Il Prototipo di Granata Distruttiva, o PGD, era talmente nuova che saremmo stati noi i primi ad usarlo. L'intelligence della Coalizione aveva messo le mani su una tecnologia dello Sciame, tecnologia che la mia amica Megan aveva preso dal cranio di un mostro bluastro dentro una caverna, durante una battaglia su Latiri 4. Non ne sapevo molto, e lei non poteva dirmi nient'altro, ma ero disposto a tutto pur di riportare i miei soldati a casa sani e salvi.

"Crystal." Quella voce fumosa e sensuale apparteneva a Trinity, l'unica donna nella mia squadra, un'inglese che lavorava sodo e combatteva duramente. Veniva dalle parti di Londra, faceva parte della mia squadra da circa due mesi, e di lei non sapevo assolutamente nulla. Ormai non mi prendevo nemmeno più il disturbo di imparare le loro storie. Lo Sciame mi aveva portato via così tanti soldati che imparare a conoscerli non faceva che addolorarmi ancora di più quando morivano. Per quanto ne sapevo, ogni paio di mesi perdevo un terzo della mia squadra.

Le probabilità di tornare a casa erano vicine allo zero, e lo sapevamo tutti quanti. Come avessi fatto a sopravvivere tanto a lungo, non lo avrei mai capito. I membri delle altre squadre avevano cominciato a chiamarmi Nove, perché dicevano che avevo nove vite, come un gatto. Io però sapevo la verità. Avevo avuto fortuna. Quando lo Sciame mi aveva catturato la prima volta, mia sorella Sarah e il suo compagno Atlan erano venuti a cercarmi e mi avevano trascinato via dall'inferno. Da allora in poi mi ero comportato più cautamente, avevo pianificato tutto in modo molto più meticoloso. Ma niente di quello che facevo riusciva a salvare tutti. Mi ritenevano tutti un portafortuna. Volevano tutti far parte della mia squadra.

"Tempo scaduto, Mills," disse il Capitano Dorian con voce aspra. Un ruggito riverberò attraverso il corridoio con una forza tale che le vibrazioni mi attraversarono il petto come il rombo di un tuono.

"Porca merda." Quella era Trinity, e parlava per tutti noi. L'Atlan si era trasformato in una bestia. Una bestia controllata dallo Sciame e potenziata da innesti cyborg.

"Mantenete la calma, gente. Lo abbatteremo a colpi di fucile. Li abbatteremo tutti quanti."

"Non senza morire prima noi," disse Trinity.

"Moriremo tutti in ogni caso, Trin. Quindi chiudi quella cazzo di bocca e fa' il tuo lavoro." Quello era Jack, il mio secondo, e quell'ordine duro e crudo era più che sensato. "A meno che tu non voglia che quella bestia arrivi sulla Karter e distrugga il pianeta."

Il Battaglione Karter era una collezione di dieci navi militari e civili che impedivano allo Sciame di avanzare in questo settore dello Spazio. Tra civili, compagne, bambini e guerrieri, più di diecimila persone vivevano sotto la protezione del Comandante Karter. E noi servivamo Karter. "Quei bastardi non si devono nemmeno avvicinare alla Karter." Parlavamo in modo specifico della Corazzata dove dormivamo, ma il nome riguardava l'intero gruppo. Praticamente stavo ringhiando, ma riuscii a calmare tutti quanti. Appena in tempo.

Un altro ruggito.

Un'altra svolta. Trenta passi. Forse di meno.

Feci cenno al grosso della mia squadra di restare indietro e corsi in avanti con Jack e altri due soldati alla mia destra. La granata nella mano sinistra, il fucile nella destra.

"Giù!" Gridai mentre scivolavo inginocchiandomi e lanciavo la granata. "Fuoco alle polveri!"

I guerrieri Prillon erano abbastanza vicini e li sentii gridare e mettersi al riparo. Lo Sciame... non avevo idea di cosa stesse facendo lo Sciame, perché io e i miei uomini eravamo accucciati dall'altra parte del muro, le orecchie tappate. In attesa di un'esplosione che non arrivò mai.

"Mille e uno. Mille e due. Mille e tre." Jack contava, noi aspettavamo.

Niente.

"Beh, possiamo dire che l'intelligence è ufficialmente un dannato flop," lo smozzicato accento britannico di Trinity era la ciliegina sulla torta.

Mi sporsi oltre il muro per dare un'occhiata. I soldati dello Sciame erano piegati in due cacciando urla silenziose. Due stavano vomitando, molti incespicavano andando a sbattere tra di loro. Erano disorientati, carponi, confusi. La granata stava funzionando... su di loro.

Ma non sulla bestia. La bestia se ne stava in piedi, i pugni stretti e le mani lungo i fianchi, e mi guardava dritto negli occhi. Tremando. Stava tremando, ma non reagiva come gli altri membri dello Sciame. Non sapevo come funzionasse la PDG e non volevo certo perdere tempo ora per capirlo. Ma era chiaro che fosse progettata per fottere quelli completamente integrati, e la risposta della bestia era la prova che lì, da qualche parte, c'era ancora un Atlan.

Jack fece capolino dietro di me e urlò agli altri. "Uccideteli tutti. Ora. Sparate per uccidere. Aprite il fuoco."

Il resto dell'unità si affrettò posizionandosi dietro di noi e cominciò a fare fuoco. Era come sparare a dei pesci in un barile. Colpimmo la bestia alla spalla. Alla gamba. Al fianco. Il resto dei soldati dello Sciame, per la maggior parte dei soldati Prillon convertiti in schiavi dello Sciame dalle malefiche Unità Integrative, andarono giù con facilità. Ma non la bestia. Uccidere un Atlan in modalità bestiale era difficile, ma io non ne avevo mai visto uno riuscire a sopportare così tanti colpi e rimanere comunque in piedi. Diamine, si comportava come se gli stessimo sparando con dei proiettili di vernice.

Io non volevo uccidere la bestia, ma non avevo alcun dubbio che, se quell'Atlan fosse stato in sé, avrebbe preferito la morte alla sua condizione attuale. Io ero stato prigioniero dello Sciame, mi ero trovato di fronte alla possibilità di venire trasformato in un robot senza cervello. Quella realtà era terrificante in modo inimmaginabile. Avevo combattuto abbastanza a fianco di altre razze aliene da sapere che i loro guerrieri si sentivano esattamente come mi ero sentito io.

Persino il compagno di mia sorella, il Signore della Guerra Dax, ne aveva parlato in più di un'occasione. Nessuno voleva finire nelle mani della tecnologia dello Sciame, con la mente che non gli apparteneva più.

Era un destino ben peggiore della morte. E questo povero Atlan? Aveva bisogno di morire. Per il proprio bene.

"Colpiteli tutti. Trinity, con me. Concentra il fuoco sulla bestia. Dobbiamo abbatterla."

I Soldati dello Sciame cadevano senza problemi. Ci volevano tre o quattro colpi per abbatterli, ma loro continuavano a restare immobili, paralizzati dalla nuova arma sperimentale che vibrava ai loro piedi con un gemito alto e acuto, simile al ronzio proveniente dai fili dell'alta tensione. Il mio team e i Prillon dentro l'altra stanza continuavano a sparare senza pietà. Alcuni di questi Soldati un tempo erano dei Prillon, o dei Trion, o degli umani. Diamine, non avevo idea di dove venissero. Alcuni erano strani, dovevano venire da chissà dove nella galassia, da un mondo che non avevo neanche mai sentito nominare.

Sapevamo tutti che la morte era preferibile allo Sciame. Non solo quell'esistenza era un inferno, ma voleva anche dire essere trasformati in macchine di morte. Uccidendo i combattenti della Coalizione, quelli con cui avevamo combattuto fino a quando lo Sciame non ci aveva conquistati.

E una bestia Atlan poteva distruggere navi intere. C'era un motivo se sul loro mondo costruivano delle celle di contenimento apposite. Per giustiziare le bestie senza compagna quando diventavano troppo vecchie. Erano degli squadroni della morte formati da un sol uomo.

Sparai alla bestia, dritto in mezzo al petto. Un colpo mortale, dritto al cuore. Si mosse a malapena.

"Gesù, che gli hanno fatto?" Jack si posizionò alla mia sinistra, Trinity alla mia destra, e tutti e tre mirammo alla bestia che sollevava le sue enormi mani e si toglieva l'elmetto. Aveva la maggior parte della faccia ricoperta di argento, ma s'intravedevano ancora dei pezzi del suo viso. Gli occhi scuri. Non d'argento.

Sollevai il fucile per mirare alla testa e il suo sguardo

incrociò il mio. Era sano. Era in sé. Disperato. Le mani lungo i fianchi. Lasciò cadere l'elmetto sul pavimento e aspettò che lo uccidessi. Che diavolo…?

Esitai.

"Uccidimi, Mills." La voce profonda rimbombò, ma senza minacciarmi. Mi stava implorando. E come diavolo faceva questo Atlan a sapere il mio nome?

"Fallo. Subito. Sono Anghar. Uccidimi."

"Merda. Angh?" Mi pietrificai. Era l'amico di Nyko. Il migliore amico di Nyko, il comandante. Aveva servito con lui per due anni e non sapevo che fosse stato catturato dallo Sciame. Cazzo. Merda. "Dannazione. Cessate il fuoco."

Guardai Trinity e Jack, e il dolore lacerante che vidi negli occhi di Trinity fu uno choc. Jack, tuttavia, mi guardò come se fossi impazzito.

"Non appena il segnale della granata finirà, si scatenerà. Lo sai." Jack fece una smorfia, il fucile sempre alzato. Immobile.

"Lo so. Ma lui è ancora lì."

"Non spargli, Jack. Non osare, cazzo." Trinity abbassò il fucile e sparò uno degli ultimi Soldati dello Sciame in piedi dietro la bestia. Li avevamo spazzati via. Quasi tutti.

La bestia mi guardava, e io guardavo lei, cercando delle risposte nella mia mente. Doveva esserci un modo per salvarla. Se Angh era lì, che combatteva contro la tecnologia dello Sciame che lo aveva conquistato quasi del tutto, non potevo ucciderlo per niente al mondo. Si meritava un destino migliore. Si meritava una possibilità.

Il segnale della granata svanì e i rimanenti soldati dello Sciame ripresero il controllo di sé.

Che non erano poi molti. Soltanto due. Sarebbero stati un nonnulla, qualcosa da spazzare via con facilità, se non fosse stato per la bestia.

Con un ruggito, la bestia si voltò e scappò via, distruggendo quello che rimaneva delle porte ed entrando nella stanza dove era intrappolata la squadra Prillon.

"Occupatevi di quei due, recuperate la granata e assicuratevi che tutti gli altri siano morti," ordinai mettendomi all'inseguimento della bestia. Del Signore della Guerra Anghar. Cristo. Che macello.

I nostri compagni Prillon non avevano sprecato le loro risorse. Avevano piazzato barriere e posizioni difendibili tutt'intorno alla stanza. Ma niente avrebbe fermato la bestia.

"Era ora, Mills!" gridò il Capitano Dorian alzandosi per sparare alla bestia da dietro a un tavolo ribaltato alla mia destra.

La bestia ruggì e continuò ad avanzare in modo meccanico, agitando i pugni come se fossero due palle da demolizione. Alla faccia del suo momento di lucidità. Qualunque cosa rimanesse di Angh, adesso era svanita. Era uno schiavo. Un servo dello Sciame.

Sapevo che dentro di lui, da qualche parte, c'era ancora il Signore della Guerra Atlan. Mi si era mostrato. Seppur brevemente.

Era andato tutto secondo i piani, tutto tranne questo. "Non sparate." Alzai la mano e diedi l'ordine mentre il resto del mio team si riversava nella stanza.

"Gli altri sono tutti morti," mi informò Jack e io annuii mentre la squadra Prillon si alzava da dietro i suoi nascondigli e tutti i fucili venivano puntati addosso alla bestia.

"Non sparate," ordinai di nuovo, tanto per essere chiari.

"Che cazzo fai, Mills?" mi urlò Dorian mentre la bestia avanzava verso di lui.

"Fidati di me." Guardai il mio amico negli occhi. "Tenetela occupata, ma non sparatele alla testa. I colpi al corpo non la uccideranno. Attirate la sua attenzione. Ho bisogno di qualche minuto."

"Mills, tu sei fuori di testa." Ma il grosso guerriero Prillon annuì e fece un passo indietro per sparare alla bestia infuriata, attento a mirare alle spalle. Alle cosce. Senza dubbio Dorian non si era accorto che fosse Anghar. La faccia della bestia era irriconoscibile. Persino io conoscevo Anghar solo per via di Dax e Sarah. Quel Prillon non aveva mai incontrato quell'Atlan. Di rado le vare squadre si incontravano sul campo di battaglia.

"Qualunque cosa tu abbia intenzione di fare, falla ora," urlò Dorian senza smettere di sparare. Il corpo della bestia sfrigolava facendo sollevare colonnine di vapore verso il soffitto. Eppure, continuava a camminare. La tecnologia dello Sciame aveva trasformato la bestia in un vero e proprio mostro. Più forte di qualunque altra creatura avessi mai visto.

"Trinity, prepara i tranquillanti."

"Quanti?" chiese.

"Tutti," risposi. Volevo davvero abbattere Angh e portarlo a casa. "Se non va giù, uccidilo."

"Non starai dicendo sul serio," borbottò Jack, ma Trinity stava già frugando nel proprio zaino cercando i tranquillizzanti. Jack si spostò per coprirla.

Feci un passo indietro e afferrai l'iniettore con il tranquillizzante proprio mentre la bestia raggiungeva Dorian. L'Atlan lo afferrò per il collo, lo sollevò da terra, come se quel guerriero Prillon di due metri non pesasse nulla, e lo scaraventò contro il muro.

Dorian piombò a terra ma subito si rimise in piedi accovacciandosi, la testa sanguinante, la furia che gli illuminava gli occhi. Emise un forte grido di guerra, una chiara sfida volta a tenere l'attenzione della bestia fissa su di lui mentre io mi avvicinavano di soppiatto.

La distrazione funzionò. La bestia fece un passo in avanti per finire quello che aveva cominciato.

Gettai il fucile e l'attrezzatura a terra. Dovevo sbrigarmi, non volevo del peso extra. Ignorai gli improperi di Jack e controllai l'iniettore che stringevo nella mano.

"Ora!" L'ordine di Dorian esplose nella stanza e io corsi verso la bestia. Dorian usò tutta la sua forza per tener fermo Angh, giusto per un secondo, così che potessi attaccarlo.

Corsi silenziosamente e balzai sulla schiena della bestia. Non appena le fui addosso, le ficcai l'iniettore nel collo.

Con un ruggito, la bestia allungò le mani per afferrarmi e mi lanciò via facendomi sbattere con la schiena sullo stesso muro doveva aveva appena scaraventato Dorian. Scivolai con un balzo sul pavimento e mi sforzai di rimettermi in sesto, la testa che mi girava, un dolore lancinante che mi attraversava il cranio. L'odore ferroso del sangue mi inondò l'elmetto e sbattei le palpebre per scacciarlo mentre Trinity apriva il fuoco per tenere la bestia lontana da me.

"Cessate il fuoco!" provai a urlare, ma tutto quello che uscì fu un debole gracidio. Non avevo bisogno di preoccuparmi. La bestia barcollò, lottando contro le droghe che le inondavano il sistema, ma gliene avevo dato abbastanza per mettere fuori combattimento un elefante. Nemmeno gli Atlan erano tanto forti.

Jack sparò. Sparò di nuovo. Continuò a mirare agli impianti che la bestia aveva sulle gambe fino a quando questa non crollò, svenuta.

Trinity si tolse l'elmetto e mi guardò, negli occhi aveva un leggero baluginio mentre guardava l'Atlan abbattuto. "Perché l'hai fatto, Seth? Perché ce l'hai fatto salvare?"

"Perché è un mio amico." Uno dei pochi ancora in vita, se

essere stati contaminati dalla tecnologia dello Sciame poteva essere considerato vita. Ma almeno ora aveva una qualche possibilità. I dottori avrebbero potuto rimuovere il grosso degli impianti e spedirlo sulla Colonia. Non avrebbe mai più combattuto, ma almeno sarebbe sopravvissuto.

E forse mi avrebbe odiato per questo. Lo sapevo a un livello viscerale. Ma avevo visto troppe morti. Doveva farsene una cazzo di ragione. Sottoporsi ai test per trovare una compagna, come avevo fatto io dopo che Sarah mi aveva fatto una testa così. In un momento di debolezza, pieno di whiskey e nostalgia, avevo ceduto e le avevo permesso di portarmi al centro per i test. Era il suo regalo di Natale. Amava così tanto Dax, il suo compagno, che proprio non ero riuscito a dirle di no. Aveva rischiato tutto per salvarmi la vita. Negarglielo non era proprio possibile.

Il test? Sì, era stato un errore madornale. Innanzitutto, era passato un anno da quando mi ero seduto su quella stupida sedia e ancora non ero stato abbinato a nessuno. Secondo, dubitavo che sarei riuscito a sopravvivere a queste gitarelle abbastanza a lungo per trovare una compagna. E se mi avessero abbinato prima che avessi terminato il mio servizio, di certo non volevo lasciare una vedova addolorata.

Una moglie incinta? Un figlio? Cazzo, no. Perché se avessi trovato una compagna, allora volevo il pacchetto completo, ma era impossibile. Era una cosa troppo crudele. Non potevo essere così egoista.

Sarah non capiva. Lei viveva una vita diversa. Dax si era ritirato non appena loro si erano conosciuti e così tutti e due erano andati a vivere una vita da civili su Atlan. Erano ricchi, vivevano in una casa enorme piena di servi ed encomi ottenuti durante il tempo passato a servire la Coalizione. Davano feste e giocavano con la loro bambina. Una vita diversa, non una vita che io potessi offrire alla mia compagna.

Dorian si accovacciò di fianco a me e io sollevai lo sguardo su di lui. "Sei un pazzo bastardo, Mills."

Sorrisi. Non potei farne a meno. Non era la prima volta che Dorian mi diceva quelle esatte parole, e dubitavo che sarebbe stata l'ultima.

"Grazie per avermi salvato la vita. La mia, e quelle quella dei membri della mia squadra. Quanto tempo abbiamo prima che la nave esploda?" chiese Dorian asciugandosi la fronte.

Guardai il conto alla rovescia che continuava inesorabile. "Due minuti."

Mi sorrise. "Oh, più che abbastanza."

Subito ci affrettammo verso la navetta per l'evacuazione di emergenza. Sei guerrieri Prillon presero in spalla l'Atlan svenuto. Le stanze di trasporto erano piene di Soldati dello Sciame, e non c'era tempo per un'altra battaglia.

Dorian si lanciò verso il posto da pilota e io rimasi in piedi dietro di lui mentre Trinity si sedeva alla sua destra. Lei era una pilota. Io no.

Nel giro di un paio di secondi i due controllarono che tutto fosse a posto e le ginocchia mi cedettero per un istante mentre lo shuttle si staccava dalla nave. Un movimento che fece perdere l'equilibrio a tutti quelli che non si erano allacciati le cinture.

"Andiamo?" chiese Dorian.

"Andiamo," confermò Trinity. Le sue mani si muovevano sui controlli con esperienza ed abilità. Io ero troppo stanco anche solo per provare a seguire le loro azioni. Lo shuttle si inclinò in avanti e l'esplosione causata dalla nave che andava in mille pezzi ci colpì di fiancò, scaraventandomi sul pannello di controllo dietro Dorian.

Si accese una sirena sulla parete alla mia sinistra e Dorian allungò il braccio con fare irritato, per spegnerla "Non toccare niente, Mills."

"Zitto e guida," risposi con un grugnito.

Dorian ridacchiò e Trinity rilassò le spalle. La tensione che era nell'aria cominciò a scivolare via mentre ci allontanavamo sempre di più dai rottami della nave mercantile occupata dallo Sciame.

Quando eravamo al sicuro, all'interno della zona pattugliata dalle navi del Battaglione Karter, Trinity aprì le comunicazioni. "Qui ReCon 3. Karter?"

"Corazzata Karter. Qual è il vostro stato?"

Trinity guardò Dorian, che sospirò. "Abbiamo perso otto soldati e tutto il carico della nave."

"Sette sopravvissuti?" Aveva ragione e lo sapeva. Diamine, non era difficile contare. Mi sorpresi che altri sette fossero sopravvissuti tanto a lungo.

Quando Dorian annuì, Trinity informò il ponte di comando sulla Corazzata Karter. Senza dubbio, c'era anche il Comandante Karter in persona ad ascoltare in piedi dietro all'ufficiale per le comunicazioni.

"Qui è il Comandante Karter."

Udire la sua voce mi fece sollevare gli occhi al cielo. C'era eccome, in ascolto.

"Vorrei conoscere lo stato del Capitano Seth Mills."

Trinity mi guardò, scioccata. Era la prima volta che Karter chiedeva informazioni su uno specifico membro dell'equipaggio. Mi sporsi in avanti e Trinity mi fece cenno con la testa che potevo parlare. "Sono qui, Comandante."

"Eccellente." Si sentì un fruscio e poi il Comandante Karter parlò di nuovo, ma ora a voce bassa, come se stesse parlando a qualcuno dietro di lui. "Dite alla Terra di procedere pure con il trasporto."

"La Terra?" chiesi.

"La tua compagna arriverà tra poche ore, Capitano. Congratulazioni." Il comandante sembrava compiaciuto, ma io sentivo il cuore che mi pesava come un macigno nel petto. Il mio corpo si riempì di terrore. Oh, cazzo. Combattere con un Atlan controllato dallo Sciame non era stato altrettanto spaventoso.

Una Sposa Interstellare.

Dalla Terra.

"Rimandatela indietro," dissi bruscamente.

Dorian si girò verso di me, si tolse l'elmetto, gli occhi sgranati per lo choc. "Che cazzo stai dicendo, Mills? Una sposa è

un dono."

"Non per me." Guardai il pannello di controllo come se potessi costringere il comandante a obbedirmi." Rimandatela indietro, signore. Non posso accettare una sposa."

"Non spetta a te scegliere, Capitano." La voce del comandante era severa, la mia risposta di fronte a quello che qualunque guerriero Prillon avrebbe accettato con gioia aveva fatto sparire tutta la sua leggerezza. "Ti sei sottoposto ai test e sei stato assegnato a una compagna. La tua nuova sposa avrà trenta giorni per accettarti o rifiutarti. Non decidi tu. Ora tutto il potere ce l'ha la tua compagna, Mills. Suggerisco di tornare sulla Karter e di farti controllare la testa. Ponte 3."

"Sì, signore." Dorian rispose e mezzo secondo dopo le comunicazioni vennero interrotte. Si girò verso Trinity. "Ci pensi tu?"

"Sì."

"Fallo." Dorian si alzò e mi afferrò per il braccio trascinandomi fuori dalla cabina di pilotaggio. "Mills, tu vieni con me."

2

Chloe Phan, Centro Elaborazione Spose Interstellari, Miami

DELLE LABBRA VAGAVANO sul mio ventre. Sul mio ventre nudo. Mi sfioravano con dolcezza, poi la lingua faceva capolino per leccarmi. Il calore sommergeva i miei seni. Sentii i baffi ruvidi che si strofinavano sulla mia pelle mentre lui girava la testa, il suo respiro che mi scaldava la pelle.

Avevo le dita sepolte nei suoi capelli. Quando lo avevo fatto? Non ricordavo di aver infilato le mani tra quelle ciocche morbide come la seta. Di tirarle. E, poi, non mi ricordavo nemmeno di avere un tizio inginocchiato di fronte a me, che imparava a riconoscere il mio sapore, le mie sensazioni.

"Sento l'odore del tuo desiderio."

Il mio profumo. Cazzo, mi afferrò il sedere nudo e mi attirò verso di lui così da potermi mettere la bocca... lì.

"Oh!" urlai. Il mio vocabolario era sparito. Perché? Perché ci sapeva fare eccome con quella lingua.

"Allarga le gambe per me, compagna. Voglio questa bella fighetta tutta per me."

Il suo ruggito fu profondo. Intagliato da un'eccitazione affilata.

A differenza dei ragazzi con cui ero stata in passato – che non sarebbero stati in grado di trovare il mio clitoride nemmeno con una bussola e una lampada da minatore – lui l'aveva individuato con una precisione chirurgica, e con tocchi leggeri aveva cominciato a leccarmi la carne tenera. Mi leccò a sinistra, poi in cima, e poi di nuovo in basso, e allora mi arresi gettando la testa all'indietro.

Ero bagnata. Vogliosa. Vuota.

Forse era in grado di leggermi nella mente e di sussurrami nella fica, perché fece scivolare una mano sull'interno della mia coscia e con fare sicuro trovò il mio centro, disegnò dei piccoli cerchi attorno all'entrata e poi mi penetrò con due dita.

"Ce l'hai così stretta," ringhiò.

Strinsi la presa sui suoi capelli e lo spinsi verso di me. "Non fermarti."

Sì, quella ero io. Che lo imploravo.

Sentii il suo sorriso allargarsi contro la parte più sensibile del mio corpo

"Le piace."

Sì, mi piaceva. Mi piaceva da impazzire, ma non capivo perché mi parlasse in terza persona.

"Lo vedo."

Udii una voce provenire da sopra le mie spalle. Delle mani mi afferrarono i seni. Mani che non appartenevano al tizio che mi stava leccando la fica. Lo sapevo perché le *sue* di mani erano ancora sul mio sedere.

Queste nuove mani erano grandi, abbronzate, con un'infarinatura di peluria scura sul dorso. Sentivo che i palmi erano leggermente callosi mentre mi soppesavano i seni.

"Sì." Inarcai la schiena. Non ero mai stata con due uomini allo stesso tempo, ma era bellissimo. In qualche modo, sapevo che loro erano miei. E non miei tipo in una botta e via. Ma *miei*. Miei per sempre.

Quel pensiero mi fece urlare. Li sentii ridere.

"Sì, compagna?" La voce dell'uomo era vicina al mio orecchio. Gentile, ma profonda. Con un accenno di bisogno e una buona dose di potere. Le sue mani si comportavano allo stesso modo: il suo tocco era gentile, ma dal modo in cui le sue dita mi tiravano e mi stuzzicavano i capezzoli era chiaro quanto gli piacesse il controllo. Che gli piacesse dominarmi, anche con questi movimenti così leggeri.

E funzionava. Sì, i miei capezzoli erano sensibili, lo erano sempre stati, ma questo tizio sapeva esattamente quello che stava facendo.

Lo sapevano tutti e due.

Non avevano fatto granché, ma io ero già a un passo dal venire. E io non sembravo nemmeno padrona del mio corpo. O della mia bocca mentre li imploravo di sbrigarsi, di prendermi. Mentre li chiamavo compagni e dicevo loro che li amavo.

E sì, li amavo. Quel sentimento sgorgò fuori dal mio corpo come un'esplosione, così feroce e disperata che quasi mi fece strozzare.

Il che non aveva alcun senso, perché loro non erano miei. Non riuscivo nemmeno a vederli in faccia. E non uscivo con un uomo da… beh, da un bel po'. E mai con due…

"Due compagni sono meglio di uno, non credi?" L'uomo dietro di me mi spalancò le mani sopra il petto, tenendomi ferma mentre il suo amico mi spingeva con più forza, infilandomi un dito nel mio sedere sensibile mentre continuava a scoparmi con le dita e mi succhiava il clitoride come se fossi il suo giocattolo personale.

Se non ci fosse stato l'uomo dietro di me a reggermi, avrei scalciato, sarei strisciata via. Le loro attenzioni erano troppo. Troppo intense. "È troppo."

"No, non lo è." Mi pizzicò il capezzolo, con forza, proprio mentre l'orgasmo era sul punto di inondarmi. Non sapevo come facesse a capirlo, ma riuscivo a percepire la sua attenzione silenziosa. Il suo bisogno. Il profondo piacere che provava nel vedermi mentre mi sottomettevo a loro due.

Era come se fossimo connessi.

E l'uomo in mezzo alle mie gambe? In qualche modo riuscivo a percepire le sue emozioni. Sapevo che era determinato a farmi contorcere. Urlare.

Implorare.

Oh, Dio. Ero in groooossissimi guai. Avrei dovuto essere terrorizzata. Ma questo corpo, il corpo di questa sconosciuta, soccombeva all'estasi. La accoglieva. Conosceva bene i loro giochi proibiti. Era eccitata come io non lo ero mai stata, l'anticipazione nella sua mente era impossibile da resistere. Sapeva che gli orgasmi le avrebbero fatto esplodere il corpo, arricciare le dita dei piedi, che la sua mente sarebbe andata alla deriva. E lei lo voleva.

E quindi anche io lo volevo. In modo dannatamente intenso.

Il che non aveva senso, perché non avevo idea di dove mi trovassi, ma mi sentivo al sicuro, desiderata e protetta, in mezzo a questi due sconosciuti. Ma non erano degli sconosciuti agli occhi di questo corpo che occupavo, per lei. Erano suoi. I suoi *compagni.*

L'uomo dietro di me mi alitò sull'orecchio, e poi ci infilò la lingua. "Due compagni."

"Quattro mani." I suoi palmi mi strizzarono con

gentilezza i seni rigonfi mentre il suo amico usava una mano per darsi da fare sulla mia fica e sul mio culo. Mi aveva poggiato l'altra mano sull'addome, per tenermi ferma. Per intrappolarmi in mezzo a questi due potentissimi guerrieri. Un dito curvato dentro di me, mi toccò in un punto che mi fece ondeggiare i fianchi. La mano sul mio addome mi bloccava saldamente.

"Due bocche." Inclinai la testa da un lato mentre le sue labbra mi scivolavano lungo il collo. Invece della lingua che mi accarezzava il clitoride, una bocca, calda e bagnata, si posizionò su di me, mi leccò, mi succhiò come se mi stesse baciando. Come se stesse venerando il mio corpo. Quell'improvvisa gentilezza, la sensazione di essere amata, mi inondò la mente come il più potente degli afrodisiaci e mi irrigidii. Li bramavo in modo disperato. Entrambi. "Oh mio Dio!"

"Due cazzi."

Sentivo un'asta dura che mi spingeva contro la parte bassa della schiena. Tozza e lunga. Sentii uno sbaffo umido e capii che la punta grondava di pre-eiaculazione. Era tanto bisognoso quanto me.

"Ho una voglia tale di penetrarti che mi fanno male la palle."

L'uomo di fronte a me passò la lingua lì dove mi stava penetrando con il dito, risalendo su fino al mio clitoride. "Sentirai quanto ce l'ho grosso. Quanto me lo fai indurire. Quanto sarai piena. Fino a scoppiare."

Mi leccai le labbra e mi contrassi attorno alle sue dita. Non erano abbastanza. Volevo quel cazzo. Volevo quello che mi spingeva contro la schiena. Li volevo entrambi. Volevo essere riempita, riempita al punto che dimenticarli sarebbe stato impossibile. Volevo essere *dominata*. E volevo essere la donna che dava loro piacere. Che si prendeva il loro sperma,

21

la donna che desideravano, che avrebbero protetto anche a costo della vita. *La loro donna.*

Era pazzesco. Folle! Stavo sognando – *doveva* essere un sogno – di fare l'amore con due uomini. Non ero mai stata con due uomini, né tantomeno con un ragazzo che fosse capace di farmi eccitare a tal punto.

Avevo già fatto sesso, non ero una puritana. Ma aveva solo rilasciato dell'energia trattenuta. Un modo per rilassarsi, per scaricare la tensione. Avevo fatto lavori iper-stressanti per anni e anni, e certe volte una ragazza ha solo bisogno di venire e la sua mano o il suo vibratore non bastano.

Quello di cui avevo bisogno era un bel cazzone.

Avevo avuto la mia buona dose di cazzi grossi, ma nessuno era mai stato tanto abile come questi due. E ancora non eravamo nemmeno giunti alla parte in cui i loro peni entravano nella mia vagina.

"Ma prima, devi venire."

"Vi voglio ora," ordinai, sapendo che me l'avrebbero negato. Sapendo che avrebbero aumentato le loro attenzioni, i loro tormenti sessuali. Sussultai e loro non si fermarono.

"Tu sei la nostra compagna. Darti piacere è il nostro compito, il nostro privilegio," mormorò quello dietro di me. Poi mi pizzicò i capezzoli.

Sussultai e l'uomo in mezzo alle mie gambe ringhiò. "Fallo di nuovo. Mi ha bagnato tutta la mano."

"Non fermarti," lo implorai di nuovo quando smise di leccarmi la fica per parlare.

Mi pizzicò di nuovo i capezzoli, ma ora avevano smesso di parlare. Nel giro di pochi secondi raggiunsi il climax e urlai. Il mio corpo fu attraversato da una scossa. Non avevo idea di dove mi trovassi. Mi distrussero completamente. Fino a quando non conoscevo che loro. Erano reali. Sexy. Mi circondavano. Mi fecero ritornare in me.

Il mio sangue si addensò, la mia pelle si arrossì e le mie orecchie cominciarono a fischiare , mentre formicolavano. Le luci mi danzavano dinanzi agli occhi. Quello sì che era un orgasmo.

"Non abbiamo finito, compagna." L'uomo che aveva spietatamente giocato con il mio clitoride indietreggiò e quello dietro di me si mosse, sollevandomi così che la mia schiena nuda fosse premuta contro la pelle calda del suo petto. Del suo petto marmoreo, muscoloso, ampio. Mi tirò a sé e d'improvviso mi ritrovai sulle sue ginocchia, le mie cosce morbide si strofinarono contro le sue gambe dure come la pietra, le sue ginocchia piegate abbastanza da farmi sentire la punta inspessita del suo cazzo che mi scivolava in mezzo alle gambe bagnate. Sentii la durezza del suo corpo, il calore della sua pelle. Era di gran lunga più grosso di me, e sapevo che avrebbe potuto farmi facilmente del male. Ma non ne aveva la minima intenzione. Voleva solo scoparmi, darmi piacere. Missione riuscita, ma non completata. "Ci stavamo solo scaldando. Dovevamo farti bagnare, devi essere pronta per i nostri cazzi."

La punta del suo cazzo mi penetrò di un centimetro e si fermò. Dio, ce l'aveva enorme. Mi contrassi e glielo strizzai, sistemandomi per farmi allargare.

"Ancora?" chiese.

"Ancora," risposi con un sospiro ondeggiando i fianchi, ma le sue mani sui fianchi mi impedivano di muovermi, di abbassarmi sulla sua asta dura. Volevo farmi penetrare fino in fondo. Farmi allargare. Farmi scopare selvaggiamente. Fuori controllo.

"Com'è prepotente la nostra compagna, eh?" disse quello che mi aveva leccato la fica. Si era alzato, ma ancora non riuscivo a vedergli il volto. I sogni erano strani, nascondevano i lineamenti dell'uomo che mi aveva leccata, ma non nascondevano il suo corpo nudo, il suo torace magro, il grosso cazzo che puntava contro di me, ansioso di penetrarmi. Ma c'era già un cazzo dentro di me, che entrava, usciva un po', e poi andava ancora più a fondo.

Allungai una mano verso l'enorme cazzo che avevo davanti e lo avvolsi con le dita. Feci leva per tirarlo verso di me. Con lentezza, prendendomi il mio tempo. Lo guardai. Mi leccai le labbra. Lo feci aspettare. Lo tormentai così come lui aveva tormentato me.

Lui ridacchiò e sollevò una mano per accarezzare la delicata linea della mia mascella, il mio labbro inferiore. "Non ti scoperemo, compagna, fino a quando il mio cazzo non sarà in quella tua boccuccia calda."

Dietro di me, l'altro uomo si bloccò, sempre tenendomi ferma, sospesa a mezz'aria, mezza impalata. Disperata.

Con un sorriso, mi avvicinai il cazzo alla bocca e mi sporsi in avanti, avvinghiando le labbra attorno alla punta.

"Grazie agli dèi." Il ruggito dietro di me mi fece sorridere soddisfatta mentre il mio compagno mi penetrava, velocemente, con forza, affondandosi nella mia fica stretta, mentre il mio altro compagno spingeva i fianchi in avanti, spingendomi la sua lunga asta dura nella bocca.

Il suo sapore mi esplose sulla lingua. Non avevo mai provato niente di simile. Ma lei sì. Questa donna, la donna le cui fantasie ora erano in mio possesso. Aveva un sapore divino. Come di tepore e muschio e uomo, e io lo succhiai a fondo, giocando con le sue palle mentre l'uomo dietro di me mi scopava, e i miei seni ballonzolavano con la potenza dei loro corpi.

Il piacere cominciò a montarmi nella mente. Il mio. Il loro. Era strano e travolgente e meraviglioso mentre tutti e tre andavano in frantumi, la mia fica si avvinghiava attorno a uno di loro e la mia bocca succhiava l'altro. Avvinghiandoci l'uno all'altro.

Uno.

Perfetto.

Le scosse di assestamento mi inondarono il corpo mentre le voci dei due uomini si facevano più gentili, sussurrandomi parole d'amore. Elogiandomi. Venerandomi. Volevo affondare in questa sensazione. Nessuno mi aveva mai parlato così. Con così tanto amore. Devozione. Fiducia.

Volevo che quest'attimo non finisse mai. Ma le voci svanirono. La stanza scivolò via dalla mia mente come un sogno che si scioglieva scomparendo. Provai a trattenerlo, ma svanì. Lasciandomi deprivata. Da sola.

Fredda.

Dovunque mi trovassi, faceva un freddo pazzesco. Il mio corpo, il mio corpo *reale*, tremò sotto un tessuto fin troppo leggero.

Mi svegliai di botto e guardai il soffitto bianco. Avevo il respiro pesante, come se avessi fatto un lungo scatto, la pelle zuppa di sudore. E la mia fica? Mi faceva male. Bramava essere riempita da due cazzi.

Da dei cazzi immaginari.

Sbattei le palpebre e mi resi conto che mi trovavo nel Centro Elaborazione Spose Interstellari. Il *test*. Non era stato un sogno, non *esattamente*. Ma cos'era stato? La custode aveva detto che la Coalizione disponeva di una tecnologia talmente avanzata che sarebbero riusciti a guardarmi nella mente, a vedere con esattezza cosa stessi cercando in un compagno. No, non cercando. Di cosa avevo *bisogno*.

Avevo bisogno di due amanti? Non ci avevo mai pensato prima d'ora. Ma, Dio, era così eccitante. Sexy. Cooosì sexy.

Mia madre si stava probabilmente rivoltando nella tomba. Di nuovo. Avevo pensato la stessa identica cosa quando mi ero offerta volontaria per entrare a far parte dell'intelligence della Flotta della Coalizione.

La Custode Egara si mosse attorno al tavolo e si posizionò di fronte a me, il tablet nella mano. Il mio risveglio improvviso non l'aveva sorpresa, né le condizioni in cui mi trovavo. Ricoperta di sudore. Con la fica rigonfia e dolorante – non che lei lo sapesse. Ma avevo il respiro affannato. Sperando di trovarmi ancora nello spazio, o dovunque si trovasse quel posto, e non in questa stupida stanza per i test che mi faceva sentire come una cavia da laboratorio legata a una sedia da dentista e con indosso una leggera vestaglia da ospedale.

"Doveva succedere? Mi sono addormentata? Era un sogno?" chiesi leccandomi le labbra.

A furia di urlare mi si era seccata la bocca. Ma avevo urlato per davvero? O avevo urlato solo nei miei sogni mentre questa donna dall'aspetto serio e severo era in piedi che mi guardava? La sola possibilità mi fece arrossire.

"Sì. La tecnologia analizza i tuoi pensieri più reconditi così da scoprire il compagno perfetto tra tutti i guerrieri disponibili."

I miei pensieri più reconditi riguardavano fare l'amore con due uomini? Non l'avevo mai fatto. Certo, ogni tanto fantasticavo sulle cose a tre. Quale donna non lo faceva? Strizzata in mezzo a due bonazzi? Mi sarebbe andato più che bene ma, fino ad ora, ero stata a malapena interessata a tenermi un fidanzato, figuriamoci due. Ma se fosse stato come in quel sogno? Oh, mi sarebbe andato più che bene.

"Ho letto il tuo file durante il test," disse. Parlava in modo brusco, professionale. Veniva dalla Terra ma lavorava per la Coalizione. La sua uniforme era color ruggine, inadorna e familiare.

"Quattro anni nella Flotta della Coalizione.

Impressionante." Si appoggiò al tavolino al centro della stanza. "Suppongo che sarei ancora più impressionata, se la maggior parte delle tue missioni non fossero riservate."

"Non capisco. Che cosa intende?" Eccola là. La risposta standard che mi balzava alla mente col pilota automatico. Non potevo dire niente di niente. Non a lei. Né a nessun altro.

Ma dovevo tornare nello spazio. Qui mi sentivo soffocare. Stavo affogando nelle quisquilie di un lavoro regolare. Di un appartamento scialbo. Nelle bollette. Nelle stronzate che passavano alla televisione. Circondata da gente con cui non avevo nulla in comune. La Terra? Non la sentivo più come casa mia. Volevo tornare nello spazio, e offrirmi come sposa volontaria era il mio modo per riuscirci.

apitano Dorian Kanador, guerriero Prillon, Shuttle della Coalizione

FURIOSO, afferrai il Capitano Seth Mills per il polso. Ma, proprio come mi sarei aspettato da un guerriero, subito lui si divincolò e mi si avvicinò per confrontarmi. Era alto quasi quanto me, piuttosto grosso per essere un umano. E i suoi strani occhi blu rilucevano di sfida.

E di dolore.

Un dolore che io provavo ogni giorno.

"Che cazzo vuoi, Dorian?" Seth mi rimproverò, la sua voce giunse ai pochi soldati che erano intorno a noi. Eravamo tutti zuppi di sudore e ricoperti di sudiciume, dopo tutte quelle ore passate a combattere sulla nave. Ma la stanza era silenziosa quasi quanto i miei uomini e la sua squadra aspettava di vedere cosa stesse per succedere.

Non accadeva spesso che il comandante in persona si mettesse in contatto con noi. Diamine, e accadeva ancora più raramente che a qualcuno di noi venisse assegnata una sposa.

"Devo parlarti, Mills. Da solo." Cercai di smorzare l'irritazione nella mia voce, sapevo che ogni sfida sarebbe stata accolta con resistenza, qualcosa che andava contro la cooperazione di cui avevo bisogno per far funzionare questa folle idea. Un'idea che mi era balenata in mente non appena avevo sentito la notizia del comandante.

Mills mi studiò per diversi secondi e poi si voltò verso la mia co-pilota, una scontrosa femmina della Terra di nome Trinity. "Riportaci sulla Karter." Si voltò e guardò il suo secondo, un altro grosso guerriero umano che avevo imparato a rispettare. "Jack, tu occupati delle comunicazioni."

Non aspettai che dicessero di sì, e i miei uomini non avevano bisogno di nessuna istruzione – rispettare la catena di comando veniva loro naturale quanto respirare. Mi lasciai i loro sguardi incuriositi alle spalle e condussi Mills verso il piccolissimo ripostiglio in fondo allo shuttle. Questa navetta di salvataggio non era fatta per contenere molte persone. Con tutta la squadra di Mills più i miei uomini, la capacità della navetta era quasi al massimo. Seth mi seguì in quello spazio angusto e io mi sedetti su un baule di scorte mediche. Lui si sedette di fronte a me e la porta si chiuse.

Mi posò addosso quel suo sguardo calcolatore e aspettò. In silenzio. paziente. Non avevo altra scelta. Cominciai:

"Mio cugino, Orlinther, è stato ucciso in battaglia, qualche mese fa."

"Me lo ricordo," disse Seth. Certo che se lo ricordava. Negli ultimi tre anni sulla Karter, ci eravamo ubriacati tutti insieme in più di un'occasione. Quando Orlinther era caduto combattendo lo Sciame, la squadra di Seth era lì, stretta attorno a me e ai miei compagni d'armi, con del whiskey dalla Terra per affogare il dolore. O quantomeno per dare alle fiamme quello nella mia gola.

"Io ero il suo secondo. Non mi sono mai sottoposto ai test per avere una compagna tutta per me."

Seth si bloccò mentre cercava di ripulirsi dalla lordura che gli aveva insozzato l'armatura. Era una causa persa. Non fece altro che spargerla ulteriormente, ma almeno lo aiutò a non guardarmi negli occhi. "E quindi? Va' dal medico e fallo."

"Non voglio farlo."

Mi guardò. Sospirò. "Gesù, Dorian. Bravo chi vi capisce, a voi alieni. Perché stiamo avendo questa conversazione?" Seth aveva inclinato la testa, la linea aspra della sua bocca e il suo stivale che batteva per terra mostrarono la sua impazienza. Si mosse, il calcio del suo fucile poggiato in terra vicino a lui, la sua presa attorno alla canna era così salda che gli si erano sbiancate le nocche.

"Hai una compagna, Seth. Sei stato abbinato a lei. Lo sai quanto sia speciale? Quanto sia raro questo regalo?" Adesso volevo dargli un calcio e farlo svegliare. Si stava comportando da perfetto idiota.

"Oh, no." Seth alzò gli occhi al cielo e il suo mento si sollevò formando un insolito angolo prima di ritornare al suo posto. Sorrideva in modo strambo. A volte le espressioni umane erano difficili da decifrare, e io non avevo il beneficio di una connessione psichica fornita da un collare Prillon che mi aiutasse a capire. "Adesso mi farai tutta la lezione su quanto sono fortunato? Su come dovrei cadere in ginocchio e ringraziare i tuoi dei per avermi mandato una donna innocente come sposa?"

"Sì." Quindi *capiva*.

"No."

"No?"

Seth si alzò e io feci altrettanto. La stanzetta era così stretta che ci ritrovammo quasi naso contro naso. Mi sentivo sempre più arrabbiato. Come osava questo guerriero –

questo *umano* – disonorare la sua compagna? Non si faceva così. "Perché vuoi disonorare la tua sposa?"

Seth scoppiò a ridere, ma non era per niente divertito. Soffriva. "Non la sto disonorando. La sto *salvando*."

Mi accigliai. "Da cosa?"

"Da me. Dal dolore. Dall'innamorarsi di un uomo che potrebbe morire domani. Non sono pronto a smettere di combattere. Non possono ritornare a casa, sulla Terra. Sono un uomo diverso. Troppo diverso con quella merda mondana con cui i terrestri devono avere a che fare ogni giorno." Sospirò. "Non posso avere una compagna. Non posso farle una cosa del genere."

"Quindi sei un codardo."

Pensai, forse, che l'umano mi avrebbe dato un pugno in faccia per aver detto una cosa del genere. Ma tutto quello che fece fu ingobbirsi e chiudere gli occhi, sconfitto. Si appoggiò il mento sul petto. "Sì, penso di sì. Non voglio lasciare una vedova. Dei bambini senza un padre a proteggerli. Se accettassi una compagna, Dorian, sarei un egoista. Io voglio tutto. Voglio scoparmela fino a metterle un bambino nella pancia. E poi un altro. Semplice."

Sì, il suo desiderio era comune a molti uomini, agli uomini di tutti i pianeti. Io ero d'accordo con lui, comprendevo i suoi problemi. I suoi problemi da *terrestre*.

"Se 1 non corresse alcun pericolo, se non ci fosse la minima probabilità che rimanesse da sola, senza protezione, l'accetteresti?"

Mi guardò come se fossi pazzo. "Certo. Ma questo è –"

"Va bene," dissi interrompendolo. "Sarò io il tuo secondo. Tu sei un guerriero. Reclamerai la tua compagna come fanno i guerrieri, con un secondo che si assicuri che lei riceva protezione e piacere, che sia felice. La ameremo entrambi, come una sposa Prillon deve essere amata. I rischi di cui parli non saranno più un problema. Se tu dovessi morire, giuro che mi prenderò cura io della nostra compagna e che proteggerò i nostri figli. E ti assicuro –" a questo punto sorrisi, "–che si farà molto prima a metterla incinta se appartiene a tutti e due noi."

"Ma che cosa diamine stai dicendo?"

"Devi giurarmi la stessa cosa. Che se mi succedesse qualcosa, ci saresti tu a prenderti cura di lei e dei bambini."

Seth rimase senza parole. Aspettai. Era stato nello spazio abbastanza a lungo da conoscere gli usi e i costumi dei Prillon. Noi Prillon condividevamo sempre una sposa, così da poterla proteggere esattamente da quel genere di cose di cui aveva paura Seth. Una sposa Prillon non rimaneva mai da sola, non veniva mai abbandonata. Se un compagno fosse morto, l'altro sarebbe stato incaricato della protezione e della cura della loro sposa e dei loro figli. Io avevo sperato ardentemente di poter condividere una sposa con mio cugino, ma non era destino. Rispettavo Seth come guerriero. Era uno dei pochi umani che potevo chiamare amico. E mi aveva salvato la vita in più di un'occasione. Mi fidavo di lui, si sarebbe preso cura della nostra compagna. L'avrebbe protetta, proprio come avrei fatto io.

Ma Seth era umano, non un Prillon. Mi avevano detto che gli umani erano territoriali, più simili a delle bestie Atlan che a dei guerrieri Prillon. Forse l'idea di dover condividere una compagna era troppo difficile da accettare per lui. Avrebbe potuto esserci gelosia. Rivalità. Rabbia. Condividere una compagna non ci avrebbe legati, anzi ci avrebbe divisi. E quindi aspettai che considerasse la mia offerta. Anche io conoscevo il potere della pazienza. Del silenzio.

Quando i suoi occhi si sollevarono per guardarmi, vi scorsi speranza, ma anche speculazione. "E se lei si rifiutasse di farlo? È stata abbinata a me. A un umano. Un uomo.

Potrebbe non accettare un secondo compagno. Diamine, forse è troppo severa, una puritana che prega per ottenere il perdono ogni volta che ha un orgasmo."

Non riuscivo a immaginare una donna del genere, ma dovetti supporre che ne esistevano di tali sulla Terra. Strano.

"Descriveresti così il tuo abbinamento ideale?" chiesi.

"Diamine, no."

Annuii. Dubitavo che un guerriero forte come Seth potesse sentirsi attratto da una donna del genere. E se non desiderava avere una donna così, allora di certo non gliene avevano abbinata una così. "Accettala. Io sarò il tuo secondo. E la sedurremo insieme. La convinceremo che due compagni sono meglio di uno."

Seth mi tese la mano nello strano modo che avevano gli umani per siglare un patto. "Avrà lei l'ultima parola. E se non ci vuole entrambi, se ne andrà a casa, oppure sceglierà qualcun altro. Non lascerò una vedova a piangere sulla mia tomba."

Misi la mia mano nella sua. "D'accordo. Ma, a meno che tu non sappia come dare piacere a una donna, è una possibilità che non mi preoccupa."

Il mio ovvio insulto lo fece sbuffare. "Parole grosse, Prillon. Tu non le conosci, le donne della Terra."

"Illuminami."

Seth fece spallucce. "Appiccicose. Bisognose. Tenere. Non gli piace sporcarsi le mani."

"Non chiedo alla mia donna di sporcarsi. Voglio che lei abbia bisogno di me e che sia tenera." La testa mi ronzava per la confusione. "Descriveresti così Trinity? Lei non è una terrestre?"

Seth ridacchiò. "Lei non è una donna, è un soldato. Come mia sorella Sarah. I soldati sono diversi. Tipi tosti. Ti prendono per le palle e ti portano dove dicono loro. Ti dicono cosa devi fare. Non voglio nemmeno una cosa del genere."

"E che cos'è che vuoi?" chiesi.

"Ah, vallo a sapere. Se il vostro sistema di abbinamento funziona come si dice, penso proprio che lo scopriremo presto."

Senza dubbio.

———

Chloe

"Non penso che tu possa dirmi che cosa hai fatto per la Coalizione negli ultimi quattro anni? Se possibile, mi piacerebbe inserire alcune informazioni di base nel file da inviare al tuo compagno. Lo aiuterà a capirti meglio."

"No, non penso di poterlo fare," risposi. Ero ritornata sulla Terra da un anno. Avevo lavorato per l'intelligence per quattro anni. Ma negli ultimi dodici mesi raramente mi erano state fatte domande sul mio servizio per la Coalizione. Sulla Terra non c'erano molte persone che credevano nello Sciame – soprattutto perché i telegiornali non condividevano nessuno degli orrori inflitti da quei criminali. Per ora, grazie agli sforzi dei pianeti della Coalizione, la Terra restava isolata dalla minaccia dello Sciame. C'era chi decideva di offrirsi volontario, come me, ad esempio, ma eravamo una percentuale insignificante. La Terra forniva la quota richiesta di volontari per continuare ad essere protetta dallo Sciame e niente più.

I governi della Terra erano ancora troppo occupati a farsi la guerra l'un l'altro per dedicare delle risorse serie allo spazio.

E dopo essere ritornata sulla Terra? Nessuno di quelli che erano stati *là fuori* poteva parlare di quello che avevano fatto.

Anche se il debriefing non fosse stato così severo, e ci fosse stato permesso di parlare, nessuno avrebbe capito o creduto alla maggior parte delle che raccontavamo. Nessuno all'interno del dipartimento di polizia di Houston mi avrebbe creduto. Prendevo le chiamate al 911 per cinquanta ore alla settimana e aiutavo a gestire i peggiori tra i peggiori di tutti i casi che ci capitavano. Abuso domestico. Sparatorie scolastiche. Uragani. Inondazioni. Attacchi di cuori. Incidenti d'auto. Gli umani credevano alle storie di fantasmi o agli astrologi che predicevano il futuro in televisione. Ma alla minaccia dello Sciame? A me, che lavoravo sotto copertura nello spazio? A me, che combattevo gli alieni e mi infiltravo dietro le linee nemiche? Già, i miei colleghi si sarebbero fatti grasse risate a mie spese.

Non che potessi raccontare loro granché. Così come accadeva per alcuni di quelli che servivano nell'esercito degli Stati Uniti, tutto quello che avevo fatto era strettamente confidenziale. I SEAL non potevano dire dov'erano assegnati. Non potevano dire ai loro compagni dove si trovavano. Le missioni erano segrete. Top secret.

Soprattutto la nuova tecnologia che veniva sviluppata per disturbare le frequenze di comunicazione dello Sciame. E le persone come me, che avevano i propri metodi per ascoltare le loro chiacchiere e decifrare quello che stessero dicendo. Non potevo spiegare come facevo quello che facevo, ma ascoltavo e, qualche volta, quegli strani suoni avevano un senso. Ce n'erano altri, come me, ma non molti.

E uno di loro in particolare, Bruvan, si sbagliava spesso. Troppo spesso. Ma riusciva sempre a dare la colpa a qualcun altro. Dare la colpa allo Sciame per aver cambiato i loro piani.

Dare la colpa a me.

Durante l'ultima missione ci era mancato poco che non

facesse uccidere quasi tutta la mia squadra, che non facesse uccidere me, e così mi avevano rispedita a casa, mentre lui era sempre là fuori. Facendo sciroppare a tutti le sue stronzate. Facendo uccidere degli ottimi guerrieri.

Dovetti mordermi la lingua per zittire la rabbia quando la custode mi offrì quel suo orecchio pieno di empatia. Ma non sapevo a quali informazioni avesse diritto di accedere, e non glielo avrei chiesto. "Non posso dire proprio niente."

La custode inarcò un sopracciglio e arricciò le labbra. "Beh, qui dice che hai lavorato con due dispiegamenti all'interno dell'intelligence, che hai completato quattro anni e che poi sei ritornata sulla Terra. Hai lavorato come centralinista del 911 nella tua città natale. Sei ritornata alla vita da civile. Hai un lavoro. Un appartamento. Degli amici. Eppure, hai scelto di diventare una sposa. Perché?"

Mi accigliai. "Ha importanza? Sono qui di mia spontanea volontà."

Guardandomi i polsi, vidi che erano ancora legati ai braccioli della sedia. "Sebbene, essere legata a questa sedia non sembra molto volontario."

La custode guardò il suo tablet, vi passò sopra le dita e le manette si ritrassero nella sedia. "Sono per la tua incolumità durante i test e per proteggere me dai criminali incalliti. Fino a quando il test non è finito, non hanno accettato l'abbinamento, e non sono arrivati sul nuovo mondo, sono sempre dei prigionieri."

"Grazie." Mi massaggiai i polsi, sebbene non fossero irritati. Il freddo mi fece venire la pelle d'oca. Della brezza sul sedere scoperto? Una cosa che non volevo perdermi.

"Tu sei ben lungi dall'essere una prigioniera, Chloe. Anzi, l'esatto contrario. Suppongo che tu sia piena di encomi, per il tuo servizio nella Flotta della Coalizione."

"Chissà," disse costringendomi a sorridere.

"Proprio no, eh?" Sospirò. "Almeno puoi dirmi perché ti sei offerta come volontaria."

Feci spallucce. "Sono stata nello spazio. Conosco la Coalizione, il tipo di uomini che vengono testati per essere abbinati a una Sposa Interstellare. E conosco me stessa. Vengo dalla Terra, ma quei quattro anni nello spazio mi hanno cambiata. La Terra non è più la stessa. Non posso parlare di quello che ho fatto. E anche se potessi nessuno mi crederebbe. È che… mi annoio. Non appartengo più a questo pianeta."

"Ritorna nell'intelligence."

"Non posso."

"Perché no?" chiese.

Indicai il suo tablet con il mento. "Non lo dice lì, che non posso tornarci?"

La custode abbassò lo sguardò e mosse le dita per dare una scorsa al file. Stava leggendo le clausole scritto in piccolo, pensai. Non avevo mai visto il mio file personale. "Ah, sì. Dice che hai riportato delle ferite troppo gravi per poterti permettere di arruolarti di nuovo. Ma non dice di quali ferite si tratta." Sollevò un sopracciglio, aspettando che glielo dicessi.

"Sono stata ferita durante l'ultima missione. Alla fine, sono guarita, ma non volevo starmene seduta dietro a una scrivania." Era tutto quello che potevo dirle. Era la verità. Non c'era bisogno di dirle che non mi era permesso di tornare. Mi avevano fatta scegliere: il congedo oppure essere cacciata via. Non pensavano che avrei voluto tornare.

Nemmeno io mi aspettavo di volerci tornare.

Forse la ferita alla testa era più grave di quanto non pensassi. Forse ero pazza a voler tornare nello spazio. Ma non ci stavo tornando. Non stavo tornando alla vita di prima.

Conoscevo le probabilità, e non c'era nessuno possibilità che mi abbinassero a Bruvan o a uno di quelli con cui lavoravo.

Non mi piacevano abbastanza.

Ma a chi mi avevano abbinata? Avevo interagito con la maggior parte delle razze aliene. Gli Atlan. I Prillon. I Trion. Avevo incontrato soltanto un Cacciatore da Everis, ed era sexy da morire. Mi andavano tutte bene. E con quel sogno, con due amanti, ero abbastanza sicura che fossi diretta su Prillon Prime. Dovevo saperlo. La curiosità mi stava uccidendo. "Sono stata abbinata?"

La Custode Egara si alzò in piedi, fece un giro attorno al tavolo e si sedette su una sedia di metallo. "Sei stata abbinata. Ed è la prima volta per me."

"Oh?"

"Sei stata abbinata a un umano. Un uomo della Terra." Guardò di nuovo il suo tablet. "Un'affinità del 99%."

Mi alzai sulla sedia e mi misi le mani sui fianchi. "Cosa? Io qui non ci resto." Mi ero sottoposta ai test per poter lasciare questo pianeta, non per farmi incastrare qui.

Scosse il capo. "No. Non ci resterai. Sei stata abbinata a un combattente terrestre della Coalizione. È il capitano di un'unità che serve su un Battaglione della Coalizione."

"Quale settore?" Sentivo ancora le vertigini, le mie emozioni al riguardo erano una baraonda. Un uomo. Un uomo della Terra. Gli uomini – gli umani – mi piacevano più che abbastanza. Ma dopo quel sogno sexy, speravo proprio di essere stata abbinata a due enormi Prillon che mi avrebbero fatta andare fuori di testa.

"437. Battaglione Karter."

"Veramente?" Il settore 437 era un noto focolaio di attività dello Sciame. Avevo sentito parlare del Battaglione Karter. Da quel settore era stata recuperata della tecnologia di altissimo livello. La prima unità Nexus dello Sciame era stata intrappolata ed eliminata da un'altra terrestre che lavorava per l'intelligence. Meghan Simmons. Era una mia amica, almeno fino a quando non era diventata la compagna di Nyko, un Signore della Guerra Atlan, e si era trasferita su Atlan per vivere da civile. Ero felice per lei, ma dopo che se n'era andata io ero lì rimasta là fuori circondata da una dose esagerata di testosterone.

E poi la nave era saltata in aria. Bruvan aveva incolpato me. Una cosa carina, da parte sua, che mi aveva fatto guadagnare un biglietto di ritorno per la Terra.

Ma questo posto ormai non era più casa mia. Mi sentivo una straniera nella mia stessa città. Non riuscivo a legare con nessuno. Non potevo parlare di quello che avevo fatto per la Coalizione. Mi svegliavo, andavo a lavoro, davo da mangiare al gatto dei vicini. Giorno dopo giorno.

Ripensai al sogno che stava velocemente svanendo. Due uomini. Non uno. Di certo non degli umani. Non avevo mai incontrato un uomo così abile. O forse non avevo mai incontrato l'uomo giusto. "Quindi, è sicura di non star commettendo un errore madornale?"

"Sicurissima. Se accetterai l'abbinamento, sarà quella la tua destinazione."

Mi alzai e cominciai a camminare in giro per la stanza. Mi spostai una ciocca di capelli dietro l'orecchio. Avevo la stessa chioma corvina della mia nonna vietnamita, e volevo con tutto il cuore che fosse ancora viva. Che lo fossero tutti. Ma, fatta eccezione per un paio di cugini che vedevo una volta o due ogni dieci anni, ero da sola. "E se non mi piace?"

"Hai trenta giorni per rifiutare l'abbinamento e venire riassegnata."

"Sei sicura che sia stata abbinata a un umano?"

"Sì. Perché lo chiedi?" Sollevò le sopracciglia con fare curioso e io mi chiesi quanto ne sapesse di quelle fantasie perverse in cui mi aveva spedito mentre ero seduta sulla sedia per i test.

Ripensai al sogno. C'erano due uomini che mi toccavano. Che mi facevano sciogliere e desiderare e ardere. Una cosa del genere non l'avevo mai presa in considerazione prima d'ora, ma potevo adattarmi. Un uomo bastava. Potevo benissimo innamorarmi di un uomo solo. Il mio compagno ideale. Un umano. Almeno non avrebbe avuto tentacoli o chissà cos'altro. Degli enormi occhi da insetto. Una lingua biforcuta. Squame. Artigli. Ugh. Rabbrividii. "Una volta terminato il servizio, il mio compagno verrà rispedito sulla Terra?"

"No."

"Perché no?" Sparavo domande a raffica.

"Perché i compagni del programma non possono vivere sulla Terra. Una volta che ha accettato di sottoporsi al test, non gli è più permesso di ritornare sulla Terra. E lo stesso vale per te."

"Vivremo su una navicella spaziale per il resto delle nostre vite?"

La custode sospirò.

"Comandante, si sieda. Per favore."

Si rivolse a me utilizzando il mio grado, e quello riuscì a farmi ammorbidire. Più che come una terrestre, mi vedeva come una che veniva dallo spazio. Feci come disse.

"Non ho una risposta a tutte le domande. *Posso* dirti questo. Di nuovo. I risultati del test sono accurati al novantanove per cento. Posso dirti con sicurezza che sarai più che soddisfatta del tuo compagno."

Ripensai a quanto mi ero sentita *soddisfatta* con i due uomini del sogno. Ci ripensai per un momento, a quel dettaglio specifico, a quello che aveva appena detto. "Se è così sicura di sé, anche lei deve essere stata nello spazio."

Annuì.

"Eppure è tornata."

"Ero stata abbinata a due guerrieri Prillon. Sono sempre una cittadina di Prillon Prime, ma servo la Coalizione qui sulla Terra. Un giorno, quando sarò pronta, verrò abbinata nuovamente."

Mi dispiacque per lei. Soffriva, aveva perduto non uno, ma due compagni. Testare le altre spose la rendeva felice, oppure le faceva percepire la propria perdita in modo ancora più acuto?

Non mi diede il tempo di chiederle queste cose. Si alzò facendo scivolare la sedia sul pavimento.

"Dì il tuo nome. Per il verbale."

"Chloe Phan."

"Sei sposata?"

"No?"

"Figli?"

"No."

"I test ti hanno assegnata a un compagno e verrai trasportata lontano dalla Terra per non farvi più ritorno. È corretto?"

Non farvi più ritorno. Esattamente quello che volevo io. "Intendi dire che me ne andrò dalla Terra per essere trasportata sulla Corazzata Karter?"

"Sì, Chloe. È esattamente quello che voglio dire."

Guardai il muro dietro di lei. Io volevo andarmene dalla Terra. Volevo sentirmi di nuovo a mio agio. Volevo sentirmi a casa, e una corazzata era il posto giusto. Forse allora i test avevano ragione.

Che diamine. L'avrei scoperto presto.

"Accetto."

La Custode Egara guardò il suo tablet e vi passò sopra le dita. "Bene. Poggia le mani sui braccioli. Così, grazie. Non

41

preoccuparti delle manette, sono necessarie per tenerti ferma durante la preparazione e il trasporto."

Preparazione? Trasporto? Non avevo mai viaggiato su una sedia prima d'ora. Mai vestita con una vestaglia da ospedale. Saggiai la resistenza delle manette – più per praticità che per paura – come se mi stessi preparando per la battaglia.

La custode toccò nuovamente lo schermo e la sedia scivolò verso il muro su cui apparve una grande apertura. La sedia si mosse, come se stesse su dei binari, andando dritto verso lo spazio che si era rivelato al di là del muro. La stanza era piccola, illuminata dal bagliore di una serie di luci blu. La sedia si bloccò e un braccio robotico con un grosso ago scivolò silenzioso verso il mio collo. Ma poi si fermò e si accese una luce rossa.

"Cosa?" La Custode stava guardando lo schermo che aveva tra le mani. Decisi di risparmiarle un paio di minuti di confusione.

"Non ho bisogno di una NP. Ne ho già una – più o meno." La cosa che mi avevano impiantata nel cranio non era la solita unità neuro-procedurale che davano a tutti, ma non mi era permesso dirle nemmeno questo.

Sollevò i suoi occhi grigi su di me con uno sguardo curioso e calcolatore. "E perché, con esattezza, i miei scanner non lo rilevano?"

Feci spallucce. "Non saprei."

"Certo che no." Adesso sembrava infastidita. Le sorrisi per alleviare il bruciore. La mia NP traduceva tutte le lingue nella Flotta della Coalizione, come quella di chiunque altro, ma c'era... dell'altro. Il dottor Helion, lo specialista in impianti neurali dell'intelligence, mi aveva detto che l'unità neuro-procedurale sperimentale era ricoperta da una materiale speciale progettato apposta per eludere gli scanner dello Sciame, nel caso in cui venissi catturata.

Grazie a Dio non era mai successo.

"Va bene, signorina Phan. Buona fortuna là fuori."

Un senso di letargo e pace mentale mi fece rilassare mentre venivo abbassata in una vasca piena di un caldo liquido blu. Mi sentivo così calda, così sonnolenta…

"Rilassati, Chloe." La Custode toccò lo schermo che aveva in mano e la sua voce mi giunse da lontano, da molto, molto lontano. "Il trasporto inizierà tra tre… due… uno…"

orian, Corazzata Karter, stanza di trasporto

QUANDO MI SONO SVEGLIATO questa mattina, mi aspettavo
forse di morire mentre combattevo contro lo Sciame, certo
non di dover reclamare una compagna. Porca puttana.

Eppure, la solita scarica elettrica della stazione di
trasporto che segnava il suo arrivo mi fece drizzare i peli
sulla schiena. Il suo arrivo. Guardai Seth, che, anche se in
apparenza era perfettamente calmo, era appeso a un filo.
Aveva le mani stese lungo i fianchi, i pugni stretti. Non per
dare un cazzotto a qualcuno, ma forse quello era l'unico
modo per dimostrare la sua paura, la sua ansia, la sua
preoccupazione di fronte a una compagna, a quello che
significava, a cosa ne sarebbe stato di lei se lui fosse stato
ucciso in azione.

Dopo che mi aveva spiegato perché lui non aveva mai
voluto quel *dannato regalo di Natale* – parole sue – da parte di
sua sorella Sarah, il suo nervosismo aveva più che senso.

Paranoico come pochi, ma ragionevole, considerando la pericolosità di questa guerra. E ancor di più per Seth, per quello che aveva passato quando era stato catturato e torturato dallo Sciame.

Quando l'avevano preso, non ero in missione con lui, ma sapevo che era stato fortunato che non l'avessero ucciso o, peggio, *integrato*.

Era tutt'intero. Fortunato. Completamente libero dagli innesti cyborg. Ma lui non la vedeva in quel modo.

Lui la vedeva come un assaggio dell'inevitabile. Non poteva avere una compagna per paura di lasciarla, lei o i loro figli, soli e indifesi. La vedeva quasi esattamente come i guerrieri di Prillon, nonostante Seth venisse dalla Terra, e possedesse tutte le strambe idee proprie del pianeta riguardo il corretto modo di accoppiarsi di un guerriero. Un uomo per una donna. Per i Prillon c'erano sempre due maschi per ogni Sposa Interstellare. Due per proteggere, amare e, diamine, scopare la loro compagna fino a farla andare in estasi.

Scaricai il peso sull'altro piede. Il solo pensiero di poter reclamare la donna che presto sarebbe stata mia bastava a farmi gonfiare il cazzo. Mia e di Seth. Una donna da condividere.

E quando mi ero svegliato questa mattina di certo non avevo pensato di poter ritrovare una donna nel mio letto, in mezzo a me al mio migliore amico. L'avremmo scopata senza sosta, le avremmo dato così tanto piacere che si sarebbe dimenticata da quale pianeta venisse.

Ero arrogante? Sì, per gli dèi. Era tutta la vita che aspettavo una compagna, e pensavo fosse impossibile dopo la morte di mio cugino. Non mi ero sottoposto ai test, non mi ero guadagnato il diritto di averla.

Ma Seth era stato all'inferno e aveva fatto ritorno. Si era

guadagnato una compagna. Ne meritava una. Ne aveva *bisogno*.

"In arrivo." La voce del tecnico fece irruzione nei miei pensieri.

Seth drizzò la schiena.

Lo sfrigolio e il ronzio del trasporto raggiunse il suo picco, poi si zittì e una forma femminile si materializzò sul pavimento di metallo della stazione di trasporto. Sembrava una donna fuggita dall'unità medica, il suo piccolo corpo ricoperto da una vestaglia familiare, ma le parole che vi erano impresse sopra mi erano sconosciute. In inglese. Seth parlava inglese e anche se riuscivo a capirlo perfettamente quando parlava, la NP non funzionava per la parola scritta, non senza un po' di pratica.

Era ferita? L'avevano ferita prima del trasporto? Seth corse verso di lei e le si inginocchiò davanti.

"Chiamate l'unità medica!" gridò senza accettarsi che il suo comando venisse eseguito.

Ci pensai io. Guardai i due tecnici con sguardo severo per essere sicuro che arrivasse immediatamente un dottore. Questa donna era la mia compagna e non volevo correre nessun rischio solo perché qualcuno batteva la fiacca. Ancora non l'avevo vista in faccia. Era piccola in confronto a me. La vestaglia leggera le copriva il torace arrivandole fino alle ginocchia, ma il taglio sul retro esponeva la linea snella di una coscia. La sua pelle era più scura di quella di Seth, ma più chiara della mia tonalità dorata. Aveva i capelli neri come lo spazio profondo, e quando Seth la prese tra le braccia, la sua folta chioma le ondeggiò sulla schiena e si posò sul petto di Seth in un'onda setosa.

Seth le scostò i capelli dal viso e la squadrò con lo sguardo da capo a piedi. "Respira."

Non mi ero accorto di quanto mi fossi irrigidito fino a

quando non lasciai andare un respiro trattenuto. Rilassai le spalle, sollevato. Era viva. Quando gemette, un suono soffice e leggero, Seth ringhiò e la strinse a sé.

Cedetti e la toccai, afferrandole con gentilezza la caviglia, sentendo il tepore della sua pelle, la sua morbidezza. Sentii il battito del suo cuore che palpitava in mezzo alle sue piccole ossa.

Incrociai lo sguardo di Seth. In volto aveva un'espressione che non gli avevo mai visto prima.

Stupore.

Sorpresa.

Possessività.

Sì, emozioni che conoscevo bene: erano le stesse che provavo io. Tutte quante. Ma, in quanto Prillon, mi inorgogliva sapere che Seth teneva la nostra compagna stretta tra le braccia, che l'avrebbe protetta con la sua stessa vita, così come io avrei fatto con la mia.

"Dove diavolo è il dottore?" chiesi.

Il tecnico impallidì e deglutì con forza.

"Sta arrivando, signore."

"Si sta svegliando," disse Seth. Nella sua voce c'era un accenno di speranza e… meraviglia.

Spalancò gli occhi con esitazione. Fu come ricevere un calcio nello stomaco. Come venire colpito da un tranquillante sparato da un cannone. I suoi occhi erano grandi e verdi. Avevo visto pochissime persone con occhi di quel colore, un tratto tipico soltanto dei terrestri. Ma con i suoi capelli neri e la sua pelle abbronzata, quegli occhi brillavano, quasi.

Guardai la sua piccola gola che si dava da fare per deglutire, la lingua rosa che faceva capolino per leccare il florido labbro inferiore. D'improvviso, ritornò in sé, e mi sorprese – e sorprese Seth. Si bloccò, si mise a sedere e sbatté con la testa contro il mento di Seth. Seth serrò la mascella e lei scivolò all'indietro sul pavimento duro.

"Piano," le disse Seth tendendo le mani verso di lei e accarezzandole il braccio.

"Sto bene," disse lei, la sua voce decisa ma tenera. Lei era tutta tenera, e morbida, e piccola. Gentile. Sembrava... che potesse infrangersi.

Come diavolo avrei fatto a non dislocarle una spalla o a farle saltare un dente mentre la scopavo? Io non ero né piccolo né gentile. In ginocchio di fianco a lei, con cautela allungai le braccia e la sollevai. Me la misi in grembo, in modo piuttosto imbarazzante. Non volevo che rimanesse sul pavimento duro. Volevo che stesse comoda. Se lo meritava.

Perché? Perché era la mia compagna. Un motivo più che sufficiente.

"Sì, stai benissimo, ma prenditi pure un minuto," dissi. "Hai fatto un lungo viaggio."

Lei si bloccò, continuando a guardare Seth.

Non sentii la porta della stanza che si apriva, ma sentii eccome i passi pesanti prima di vedere le gambe della dottoressa mentre si accucciava di fianco a noi.

"Hai un bell'aspetto," disse a proposito della nostra compagna.

Avevo già incontrato quella dottoressa. Un Atlan. Molto efficiente.

La nostra compagna si mosse e fece leva sul mio braccio per tirarsi su. Con una mano si afferrò il retro della sua strana vestaglia e si coprì lì dove era aperta sulla schiena. Seth si alzò in piedi e si portò dietro di lei.

Bene. I tecnici del trasporto non avrebbero visto la sua pelle nuda. Non sarebbe successo. Se non ci avesse pensato Seth a coprire le sue vergogne, lo avrei fatto io. Mi inginocchiai davanti a lei. La differenza tra le nostre corporature era lampante. Anche se Seth era un umano, svettava su di lei di venti centimetri buoni. A quelli se ne aggiungevano altrettanti per quanto riguardava me, e non volevo spaventarla.

No. Non avrebbe *mai* dovuto avere paura di me.

"Sto bene," ripeté la nostra compagna. "Ho solo un po' di mal di testa."

"Mhmm," disse la dottoressa studiandola da capo a piedi con il suo capace occhio professionale. "Cominciamo dall'inizio. Come ti chiami?"

"Chloe Phan."

Chloe.

"Da dove vieni?"

"Dalla Terra. Dal Texas." Sospirò. "Sentite, ho solo bisogno di una bacchetta ReGen per il mal di testa e andrà tutto bene. Ce l'ho sempre dopo il trasporto."

La dottoressa inclinò la testa da un lato, ma non fece commenti. Seth invece sì.

"Ce l'hai sempre dopo il trasporto? Quante volte sei stata trasportata?" Afferrò il retro della sua vestaglia e lo strinse nei pugni chiusi mentre si spostava per guardarla negli occhi.

Lei scosse le spalle per liberarsi dalla sua stretta e allungò una mano per tenere chiusa la triste vestaglia che indossava. La volevo con indosso qualcosa di diverso da quel sacco penzolante. Diamine, la volevo senza niente addosso – ma solo una volta che saremmo ritornati negli alloggi di Seth. Negli alloggi che venivano assegnati ai *nuovi compagni*.

Chloe ci pensò su per un istante. "Ho perso il conto."

La dottoressa stava giocherellando con il tablet che aveva in mano e guardava lo schermo. "Come si scrive 'Phan'?"

Chloe glielo disse.

La dottoressa si bloccò.

"Sta male?" chiesi notando che la dottoressa si era

bloccata mentre guardava lo schermo. Anche il mio cuore si fermò, e così il mio respiro, mentre aspettavo la sua risposta.

Invece di rispondere, la dottoressa sganciò la bacchetta ReGen che aveva appesa alla cintura e la diede alla nostra compagna.

Chloe non se la rigirò tra le mani come se fosse una cosa che non aveva mai visto. Invece, la accese e se passò attorno alla testa illuminandosi con la tipica luce bluastra. Chiuse gli occhi e lasciò che la bacchetta facesse il suo dovere.

"Un momento. Che diavolo sta succedendo?" chiese Seth incrociando le braccia sul petto. "Sei già stata nello spazio?"

"Sì."

"Come sposa?"

Chloe scosse il capo, gli occhi sempre chiusi. "No. Non come sposa. Ha importanza?"

"No." Seth ed io rispondemmo senza esitare, e Chloe sollevo l'angolo della bocca sorridendo. Le sottili rughe che il dolore aveva causato attorno ai suoi occhi sparirono e subito divenne ancora più bella – se possibile – mentre si abbandonava al tepore curativo offerto dalla bacchetta ReGen. Conoscevo quella sensazione, il dolore che spariva e basta. Poi parlò, e la sua voce era più morbida, come se fosse mezza addormentata, e subito il mio cazzo si alzò in risposta. Poi elaborai le sue parole.

"Ero una combattente della Coalizione."

"Puoi dirlo forte," mormorò la dottoressa. Poi si alzò. "Io qui non servo più. Chloe, ricordati che ora non sei qui per la Coalizione, ma che sei qui come sposa. Ci penseranno i tuoi compagni a prendersi cura di te."

La dottoressa girò i tacchi e se ne andò. Che cazzo voleva dire?

"Un momento." Chloe spalancò gli occhi e abbassò la mano che stringeva la bacchetta ReGen. "Compagni?"

Seth sorrise. "Sei stata abbinata a me. Mi chiamo Seth Mills." Mi indicò con un cenno del capo. "E Dorian è il mio secondo."

Chloe si accigliò, e una piccola V si formò in mezzo alle sue sopracciglia delicate. "Vieni dalla Terra. A giudicare dal tuo accento, sei americano, oppure canadese."

"Nato e cresciuto in America, dolcezza." Seth ghignò.

Chloe si girò verso di me. "Sì, ma gli uomini della Terra di solito non condividono le loro donne. A meno che non ti piacciano le cose a tre."

Quando Seth si mise a ridere, lei lo guardò. "Solo con Dorian." Si avvicinò a lei e le accarezzò i capelli che le ricadevano sulle spalle. "Ti condividerò solo con lui. Ma se non ci vuoi entrambi, dolcezza, basta che tu lo dica."

Il mio cuore smise di battere mentre Seth le offriva una via di scampo. Da lui. Da me. Ero stato in sua presenza solo per pochi minuti, ma già volevo stare con lei. Scoparla. Proteggerla e reclamarla come mia. Era un sogno, la fantasia di un guerriero, tutta curve burrose e delicata bellezza. I suoi occhi guizzarono tra me e Seth e il suo respiro accelerò, il battito del cuore ben visibile sotto il collo.

La osservai, senza nascondere nulla, né la mia lussuria né la mia ammirazione. Volevo sapere cosa avesse da offrire. Cosa potevamo esigere da lei. La resa. La sottomissione. Il suo cuore. Non mi sarei accontentato di niente di meno, e sapevo che Seth era tanto implacabile quanto me quando si trattava di conquistare la nostra compagna. Conquistare il suo corpo e la sua anima.

Vidi l'esatto momento in cui lei prese la sua decisione, il desiderio nei suoi occhi un istante prima che le sue guance si colorassero di una graziosa sfumatura di rosa. "Ne sei sicuro?" mi chiese, ma poi si rivolse di nuovo verso Seth. "Lui è un Prillon. Tu sei un umano. Se lo facciamo, poi non puoi più cambiare idea e metterti a fare il cavernicolo quando mi viene voglia di saltargli addosso. O se mi innamoro anche di lui. O se partorisco un bambino Prillon invece di uno umano." Stava facendo l'elenco di tutte le possibilità, come se fosse cosa certa, delle conclusioni inevitabili. Che mi avrebbe amato. Che mi avrebbe desiderato. Che avrebbe portato mio figlio in grembo.

Il mio istinto mi esortò a farmi avanti e a prenderla, a scoparla lí ed in quel momento. A dire a Seth di reclamarla una volta per tutte oppure di togliersi pure dai piedi. Ma sapevo che la nostra compagna faceva bene a fargli tutte quelle domande. Non si tornava indietro. Una volta che Chloe sarebbe stata mia, Seth non avrebbe più potuto cambiare idea. Avrebbe dovuto uccidermi per strapparmi via dalla nostra donna, e io non avevo nessun dubbio che ciò l'avrebbe distrutta.

Il mio amico si voltò verso di me. Tra di noi ci fu un silenzio comprensivo. Questo momento non era diverso da tutte le altre battaglie che avevamo combattuto assieme. Tranne che, questa volta, il premio non era la sopravvivenza, o la morte dei nostri nemici, ma *lei*.

Seth si girò di nuovo verso di lei e le accarezzò il labbro inferiore con il pollice. "Ne sono più che sicuro, Chloe. Dorian è un guerriero feroce e valoroso. Sono onorato che abbia deciso di essere il mio secondo. Ti prometto che ti darò tutto quello che ho, tutto quello che sono. Ma non possiamo smettere di lottare per proteggere la nostra gente. E quindi tu sarai sempre amata e protetta, anche nel caso in cui..."

Non riuscì a terminare la frase, ma non ce n'era bisogno. Chloe gli afferrò la mano e si premette il palmo contro la guancia. "Lo so. Conosco i rischi." Lasciò andare la bacchetta ReGen e, in modo quasi impercettibile, mosse la mano libera verso il suo fianco. Guardai la punta delle sue dita che tremavano mentre tracciavano qualcosa al di sotto della veste, come se le facesse male.

Chloe posò i suoi occhi verdi su di me. Erano pieni di mistero. "Suppongo che anche tu lo voglia. Condividermi con un debole umano e non con un guerriero Prillon?"

"Sì," dissi offrendole per la prima volta un sorriso. *Debole?* "Mi sono già rassegnato ai deboli attributi fisici del tuo Compagno Primario." La risata si fece sempre più insistente, fino a quando non riuscii più a trattenerla. Non ridevo da mesi, da quando era morto mio cugino.

Seth ringhiò. Si sporse in avanti e le sussurrò qualcosa sfiorandole la guancia con le labbra. "Sta' sicura che dopo te lo faccio scontare, quel commento. Dopo, quando sarai nuda."

Con mia grande sorpresa, Chloe gettò la testa all'indietro e scoppiò a ridere. "Fatti sotto, Capitano."

D'improvviso l'atmosfera si fece allegra e rilassata e Chloe morse il pollice di Seth quando questi protestò di nuovo. Tutta la preoccupazione che avevo davanti al suo strambo comportamento evaporò. No, la mia compagna non era ferita. Aveva la faccia tosta e non io vedevo l'ora di cavalcare quel fuoco, di affondare il mio cazzo nell'inferno che fermentava dietro i suoi occhi.

"Tu sei di Seth, questo è poco ma sicuro." Sì, anche se la conoscevo soltanto da pochi minuti, sapevo già che era un po' altezzosa e di certo autoritaria. Diamine, se aveva veramente combattuto per la Coalizione, doveva esserlo eccome. E Seth non riusciva a staccarle gli occhi di dosso. Aveva detto di non desiderare una guerriera, ma Chloe l'aveva sbugiardato subito. La voleva. E anche io. "Ma sei anche mia."

Chloe fece un respiro profondo, e il suo umore cambiò

rapidamente. Guardò Seth. "La custode hai detto che sei a capo di una squadra?"

"Capitano della ReCon 3, al tuo servizio." Seth sogghignò e allungò una mano per prenderle la bacchetta ReGen. La riaccese e gliela passò attorno alla testa. "Va meglio?" chiese.

Chloe annuì, ma contrasse le labbra, come se non le piacesse che lui si desse tanta pena per lei. Scelse di ignorarlo e mi guardò. "E tu, Dorian? Di cosa ti occupi?"

Il mio nome sulle sue labbra era come una scossa elettrica che mi attraversò tutto il corpo. Volevo sentirglielo pronunciare ancora. E ancora. "Sono un pilota, mia signora."

"Oh." Dal tono della sua voce era chiaro che sapesse cosa significasse per tutti e due noi. Le implicazioni. I pericoli.

"Non c'è da meravigliarsi che tu sia così preoccupato," disse. "Dei drogati di adrenalina, eh?"

Non ero sicuro di cosa intendesse dire, ma le spalle di Seth si irrigidirono e io aspettai che fosse lui a rispondere alla stramba domanda della nostra compagna. "Non lo so, Chloe. So solo che non posso andarmene da questa guerra. E nemmeno Dorian."

Chloe annuì. "Capisco. Credimi. Capisco."

"E allora capisci perché io abbia scelto Dorian come mio secondo? Perché dobbiamo fare così?"

Mi alzai in piedi e guardai Chloe che inclinava la testa all'indietro per continuare a guardarmi negli occhi. "Sì," disse leccandosi di nuovo le labbra.

"Se sei già stata nello spazio, allora lo sai come funziona." Ero il secondo di Seth, ma ciò non voleva dire che non potessi seguire le usanze di Prillon. Mi voltai e guardai il tecnico del trasporto che era rimasto per tutto il tempo a guardarci. Era come rapito. Non ne arrivavano molte, di spose. Il fatto che gli avessimo permesso di restare era un regalo, e lui lo sapeva bene. "Hai trovato quello che ti ho chiesto?"

Si alzò in piedi e uscì da dietro la stazione di controllo. "Sì, Capitano."

Mi diede i miei collari e io li presi, i tre nastri neri usati per l'accoppiamento su Prillon. Li conoscevo come il palmo della mia mano. Li possedevo sin da quando ero diventato maggiorenne, aspettando questo momento, quando avrei potuto darli alla mia compagna. Anche se ero il secondo, e avrei dovuto lasciare che il compagno primario usasse i suoi di collari, Seth non ne aveva. Lui non era un Prillon. Ma anche se Chloe era stata abbinata a lui e non a me, era mia tanto quanto era di Seth.

Non ero disposto a rinunciare alla profonda connessione emotiva che gli altri compagni percepivano attraverso i loro collari. L'avevo aspettata. Avevo aspettato questo momento. Se Seth non voleva, poteva scegliere di non unirsi al nostro legame. Ma Chloe? Lei era mia. Avevo bisogno di sentire quello che sentiva, di sapere se fosse felice o spaventata o eccitata. Avrebbe indossato il mio collare.

Ringraziai il tecnico e mi voltai verso Seth e la mia compagna.

"Un collare Prillon," mormorò lei guardandomi.

"Sarebbe un onore enorme, per me, se tu lo indossassi. Il mio collare dirà a tutti che sei sotto la mia protezione. Che sei la mia compagna. Che io sono tuo. Chloe, io sono un tipo possessivo. Ho bisogno di vedere il mio marchio sul tuo corpo, sapere che nessuno oserà toccare quello che mi appartiene. Vuoi farmi questo onore? Accetterai il mio collare?"

"E tu?" chiese lei a Seth.

Lui mi guardò. Sapeva cosa rappresentassero questi collari, come sarebbero stati visti dalle altre persone.

Conosceva anche il tipo di connessione che avrebbe condiviso con lei. "Dorian?"

Gli porsi un collare e Seth me lo prese dalla mano. "La scelta è tua. Ma io non accetterò un no da lei. Lei è mia tanto quanto è tua."

Seth annuì. "Non posso lasciarti tutto il divertimento, no?"

Chloe sorrise, ma l'espressione seria di Seth fece appassire il suo sorriso come se fosse un fiore nel deserto. "Indosserò il tuo collare, Chloe. D'ora in avanti, sono tuo. Tu ed io, noi umani, non abbiamo nessun tipo di usanza nello spazio. Non ci sono chiese, preti, nessuno che possa sposarci. Ma sappi questo, dolcezza, che dopo che ti avrò preso la prima volta, non si torna indietro. Sarai mia."

Chloe spalancò la bocca. "Ehi, fenomeno, guarda che ho trenta giorni per decidere," rispose.

Seth fece spallucce. "Sì, è la legge della Coalizione. Ma questo non vuol dire che non sarai mia."

Lei si accigliò. Forse quel tono arrogante non le piaceva.

"Il collare è nero. Dopo che Seth ed io ti avremo reclamata ufficialmente, diventerà dorato, il colore della mia famiglia."

Chloe fece un passo indietro. "So tutto delle cerimonie di accoppiamento dei Prillon, e non scoperò con voi in pubblico. Scordatevelo." Incrociò le braccia sul petto. I suoi seni si gonfiarono sotto il tessuto leggero.

Seth non mi guardò nemmeno. "Ti condividerò con Dorian, dolcezza. E con nessun altro. E per quanto riguarda le usanze Prillon, Dorian può avere il suo collare. Ma non il resto. Non si scopa in pubblico. Mai."

Chloe rilassò le spalle.

Ero sorpreso dalle mie stesse emozioni. Sapevo da tutta la vita che avrei scopato la mia compagna assieme a un altro uomo. Che l'avrei reclamata in pubblico. Mi era sempre andato bene. Fino ad ora.

Vedere che, ora che aveva incrociato le braccia sul petto, la sua vestaglia si era aperta sul retro mettendo a nudo le sue curve bastò a farmi venir voglia di gettarmela in spalla e portarla nei nostri alloggi privati. Avevamo richiesto i nuovi alloggi non appena eravamo tornati dall'ultima missione e ci era voluta meno di un'ora per portarci tutta la nostra roba.

Eravamo dei guerrieri. L'unica cosa che ci apparteneva veramente, che importava, era in piedi davanti a noi. Lei era nostra, e io dovetti usare tutta la mia forza di volontà per non correre verso di lei ed esplorare ogni centimetro del suo corpo con la bocca e le labbra e la lingua. Il mio bisogno si faceva sempre più pressante, bestiale. Inaspettatamente difficile da controllare.

E poi non mi sarei mai aspettato che la nostra compagna fosse così bella. Così sfacciata. Così tenera e perfetta.

Il tecnico del trasporto ci guardava senza sbattere le palpebre, guardava la nostra compagna con una concentrazione e un interesse che cominciavano a darmi fastidio. Stava guardando quel che era nostro. *Voleva* quel che era nostro.

No. Non l'avrei reclamata in pubblico. Questa fragile femmina terrestre era nostra e di nessun altro. Il suo piacere, la sua pelle, la sua resa? Nostra e nostra soltanto.

"Niente reclamazione pubblica," confermai.

Mi portai il collare attorno alla gola e lo chiusi, e subito il materiale si aggiustò per adattarsi al mio collo. Sentii una leggera scossa che mi attraversava il corpo, come se avessi aperto i canali di comunicazione e non ci fosse nessuno in ascolto.

Chloe mi guardò, poi guardò Seth, poi di nuovo me.

Studiò il mio collare. Dopo un minuto, tese la mano verso di me, il palmo all'insù, e io feci un passo verso di lei.

"Se mi permette, Signora Mills. Ti prego." Per la prima volta mi rivolsi a lei utilizzando il suo nuovo titolo formale e vidi Seth che rabbrividiva dinanzi alla fatalità di quelle parole. Signora Mills. Rivendicata. Con indosso il collare. Nostra.

Le misi il collare attorno alla gola. Seth si mise dietro di lei e sollevò la sua lunga cascata di capelli permettendomi così di avvolgerle la forma snella del suo collo. Le carezzai la pelle morbida con le mani. Così calda, così liscia. Le due estremità del nastro si unirono e si chiusero e io mi allontanai per vedere il collare che ora la adornava.

Mi pulsò il cazzo, ma quando sentii la scossa delle sue emozioni che mi attraversava il corpo, non potei non emettere un leggero gemito.

Seth mi guardò e io guardai Chloe che sgranò gli occhi. "Riesci a percepirmi?" chiesi.

Chloe annuì e io barcollai mentre il suo desiderio mi penetrò come una fiamma infuocata. Lei ci voleva. Ci voleva quasi quanto noi volevamo lei.

Seth le diede un casto bacio sul collo e lei fremette in risposta, una sensazione che mi attraversò come il volo frenetico di dozzine di minuscole ali. Seth lasciò cadere i suoi capelli e fece un passo indietro per mettersi il collare a sua volta.

Il fuoco della sua possessività si unì al turbinio di emozioni che scorrevano attraverso la nostra compagna facendola barcollare. Si leccò le labbra e i suoi occhi si accesero di desiderio. Di bisogno.

"Voi Prillon siete dei geni, Dorian," mormorò Seth quando il collare gli si chiuse attorno alla colla. I suoi occhi scrutavano la nostra compagna con un'intensità incredibile.

Riuscivo a percepire le emozioni, i bisogni di entrambi. Non solo di Seth verso Chloe – che donna incantevole – ma anche quelli di Chloe verso di noi.

"Quindi... abbiamo finito qui? Vorrei uscire da questa stanza." Le mani di Chloe svolazzarono nervose mentre ci guardava e accettava la potente marea dei nostri desideri combinati. Seth non era un Prillon, ma il suo bisogno, i suoi sentimenti di protezione e possessività erano forti tanto quanto i miei, e seppi di aver fatto la scelta giusta, l'unica scelta possibile, decidendo di diventare il suo secondo.

Chloe. La bellissima Chloe, era nostra. E ora, con indosso il suo collare, sapeva esattamente quanto la desiderassimo.

"Non abbiamo ancora finito," disse Seth. La sua voce era quasi un ruggito.

"Neanche per sogno," aggiunsi io.

Chloe scosse il capo, come se tutte le sensazioni che turbinavano attraverso i nostri corpi l'avessero intontita. Erano potenti. Intense.

Non c'era via di scampo. Per nessuno di noi.

Incapace di resistere al bisogno che sentivo di toccarla, subito la presi tre le braccia. Seth non protestò, sapeva quanto desiderassi possederla. Ci condusse verso i nostri alloggi. Era tempo di farla nostra.

5

$\mathcal{S}_{eth}$

LI CONDUSSI verso i nostri nuovi alloggi, lo spazio che avrei condiviso sia con il guerriero Prillon che con Chloe, la nostra compagna.

Compagna. Solo qualche giorno fa, quella parola mi pesava sul cuore come un macigno. L'unica cosa che riuscivo a vedere era la perdita e il dolore e il desiderio per qualcosa che non poteva esistere. Ero un umano. Facevo parte di una squadra. Gli altri scherzavano dicendo che avessi nove vite, ma conoscevo la verità, la sentivo fin dentro le ossa. Ne avevo solo una.

E ora apparteneva a lei.

Per quanto fossi stato meticoloso nel programmare sempre tutto, per quanto avessi cercato di proteggere la mia squadra, giurai che avrei raddoppiato ogni mio sforzo. Nessuno mi avrebbe portato via Chloe, non senza combattere. E se l'impensabile fosse successo, sarei stato in pace sapendo che quest'enorme guerriero protettivo, dispotico e scaltro che ora stava trasportando la nostra compagna lungo il corridoio l'avrebbe protetta e amata fino a quando avesse avuto fiato in corpo.

Ne ero certo. Era grazie a questi dannati collari. Il suo bisogno, la sua voglia di reclamarla, lo possedeva con forza, e metteva a dura prova il mio controllo. Eravamo così eccitati all'idea di scoparla che stavo facendo una fatica immane provando a non perdermi per questi corridoio color crema.

Gli alloggi dei civili.

Un'altra cosa nuova per me, grazie a lei.

Dopo pochi minuti – che sembrarono ore – raggiungemmo la porta. Mi fermai ma non la aprii. Mi voltai verso Dorian e la piccola donna che stringeva tra le braccia.

Dio, era bellissima. Lunghi capelli neri lisci come la seta. Occhi a mandorla, di un verde che brillava sulla sua pelle cremosa. Aveva gli occhi grandi e mi guardava con una combinazione di emozioni che non avrei mai potuto sperare di sbrogliare senza l'aiuto di questi geniali collari Prillon. Speranza. Nervosismo. Lussuria. Ansia. Desiderio.

Guardai il mio secondo. "Mettila giù, Dorian. C'è un'usanza della Terra che voglio rispettare."

Dorian fece spallucce e con gentilezza la mise giù. Era metà mattina, e tutti erano o a lavoro o di turno. Il corridoio era vuoto. Presi Chloe tra le braccia e chiesi a Dorian di aprire la porta mentre io cullavo la mia sposa novella. Non aveva uno strascico rigonfio, né l'anello al dito, ma lei era mia, e avrei attraversato la soglia con lei in braccio e avremmo cominciato insieme la nostra nuova vita.

La porta si aprì scivolando nel muro e io guardai Chloe negli occhi. "Sei pronta?"

Chloe mi sorrise e mi avvolse le braccia intorno al collo. Era un momento da cartolina, e stava accadendo a miliardi di chilometri da casa. Niente steccato verniciato di bianco, niente cani, niente bouquet da lanciare, nessuna di tutte quelle cose che gli umani associavano a questo momento. Solo io. E lei.

E un alieno che ci guardava come se fossimo due pazzi. "Suppongo che questa sia una strana usanza della Terra?" chiese Dorian.

"Sì," rispondemmo all'unisono.

"La prima volta che gli sposi entrano nella loro casa, l'uomo attraversa la soglia tenendo la sposa in braccio," gli spiegai.

"Perché?"

Chloe sorrise. "Non ne ho la più pallida idea, ma è così che si fa."

Dorian ci scrutò entrambi per un secondo, poi annuì, come se stesse prendendo una decisione serissima. "Allora di certo non sarò io a negarvi quest'usanza."

Prima che potessi reagire, Dorian si posizionò dietro di noi e ci sollevò entrambi senza sforzo. Chloe squittì e si aggrappò a me con tutta la forza che aveva. Dorian sbuffò per lo sforzo e io scoppiai a ridere. Imprecando, arrancò attraverso la porta aperta.

"Sei più pesante di quanto non pensassi, umano."

Anche Chloe scoppiò a ridere, e la gioia, l'eccitazione e l'ondata di divertimento e felicità zittirono qualunque protesta potessi pensare di fare di fronte allo strambo gesto di Dorian. Chloe continuava a ridere. "Voi due siete due pazzi. Poco ma sicuro!"

E continuò a ridere anche dopo che Dorian mi mise giù. Chloe rimase stretta tra le mie braccia. Non riuscivo a lasciarla andare.

La porta si chiuse dietro di noi e Dorian andò verso il muro per aprire un cassetto. Non gli prestai attenzione.

Tutto il mio essere era concentrato sulla donna che avevo tra le braccia. Era passato moltissimo tempo da quando avevo stretto qualcosa di così tenero, puro e generoso. Lei era l'amore, le risate e la luce, riuscivo a sentire la forza della sua anima, della sua speranza che ribolliva tra di noi. E io ero troppo debole per allontanarmi, per non toccarla, anche per un solo istante, dopo tutti quegli anni pieni di sofferenza e orrore, negandomi il conforto dell'abbraccio di una donna per paura che, in qualche modo, avrei potuto ferirla.

O che avrei perduto me stesso.

Mentre la guardavo negli occhi, il suo sorriso svanì e l'intensità si fece più pressante.

"Non riesco a lasciarti andare."

Mi accarezzò il viso. "Lo so. Riesco a sentirlo. Va tutto bene."

Mi sporsi in avanti e affondai la faccia tra i suoi capelli. Aveva il profumo di casa. Dei biscotti alla vaniglia e della brezza primaverile e dei raggi del sole.

La stanza era come offuscata mentre la portavo a letto. Sapevo cosa ci fosse lí. Un divano blu scuro e delle sedie. Un tavolino per tre persone. Una stanza da bagno e una S-Gen nell'angolo. Armadi e cassetti incassati nel muro.

E il nostro letto. Il letto più grande che avessi mai visto. Dorian aveva recuperato il letto misura standard utilizzato dai Prillon, ed era più che grande per noi tre.

Le lenzuola e le coperte erano blu, perché Dorian aveva letto che quello era il colore preferito di Chloe.

I cuscini erano dorati, un accenno alla famiglia di Dorian, il colore che avrebbe assunto i nostri collari una volta che Chloe fosse stata ufficialmente nostra. Dorian mi aveva chiesto cosa ne pensassi e io gli avevo detto la verità. Non me ne importava un fico secco dei colori di questo o quello. Mi bastava avere la nostra compagna nuda nel letto.

E felice. Il bisogno di renderla felice gravava su di me come un'àncora, e i vecchi dubbi, i vecchi timori cominciarono di nuovo a riaffiorarmi nella mente mentre mi sedevo e affondavo sul letto, Chloe sempre sulle mie ginocchia. Le avvolsi il torace con le braccia, la strinsi forte, la premetti verso di me con tutta la gentilezza di cui ero capace.

Che non era poi tanta. Dovetti sforzarmi per trattenermi, al punto che cominciai a tremare. Volevo essere gentile, anche se la voglia si aggirava dentro di me come una bestia famelica. "Non riesco a lasciarti andare," dissi di nuovo, implorando per il suo perdono. Mi ero negato questo sogno, lo avevo scacciato e avevo sopportato il dolore e la solitudine. Avevo accettato una morte oscura, amara e solitaria per proteggere la Terra da un nemico terrificante. Dovevo lottare. Dovevo fermare lo Sciame.

Averla qui, tra le mie braccia, era come riaprire quella vecchia ferita, era come dare sfogo ad anni di emozioni represse che come un'onda anomala mi facevano affogare.

Facevano affogare tutti e tre noi.

Sorpreso, Dorian cadde in ginocchio davanti a noi. Di fianco a lui, sul pavimento, c'era una cosa di cui mi ero dimenticato, la scatola per l'addestramento che i Prillon utilizzavano sulle nuove spose per prepararle ad accettare due compagni allo stesso tempo, uno nella fica e l'altro nel culo.

Pensando a me e Dorian che la scopavamo mi fece venire il cazzo duro, così duro che mi facevano male le palle. E la mia voglia crebbe ancora di più. Non mi ero mai preso il disturbo di immaginare di fare una cosa del genere, ma ora? Ora la volevo. Volevo spalancarle le gambe, aprirla, farle accettare i nostri cazzi. Farla implorare per averne ancora. Completamente schiava del piacere, con noi due che veneravamo il suo corpo. Mi sfuggì un gemito dalle labbra e Chloe si dimenò tra le mie braccia. Strinsi la mia presa su di lei. Se mi fossi mosso, avrei perso il controllo.

"Seth," sussurrò lei, e la sua voce era come un balsamo per il mio cuore. Non c'era nessun giudizio nella sua voce, solo accettazione. E un bisogno che faceva a gara con il mio. Dio benedica questi cazzo di collari. Lo sapeva. Non dovevo dire nulla.

Feci un respiro profondo, premetti il naso e le labbra contro la sua gola nuda. "Voglio sapere tutto di te, Chloe. Tutto. Ho bisogno di conoscerti. Ma ora..." Come facevo a dire a una donna che avevo appena incontrato che ero sul punto di perdere il controllo, che il collare alieno che avevo attorno al collo mi stava facendo impazzire, tanta era la lussuria di due guerrieri; che se mi fossi mosso avrei rischiato di saltarle addosso come un animale selvaggio?

Dorian si sporse in avanti, i pugni premuti contro il pavimento. Anche lui lottava per non perdere il controllo. "Per gli dèi, Seth, così ci farai impazzire tutti e tre."

Scossi il capo. Avevo un piano. Non avevo fatto altro che pensare a come l'avrei presa per la prima volta. Come le avremmo parlato, come avremmo imparato a conoscerla, come l'avremmo toccata lentamente per farla eccitare. Avevo pensato a tutto, fin nei minimi particolari – da dove avrei cominciato a baciarla, le parole che le avrei detto mentre la facevo mia, cosa avrei detto a Dorian, il mio secondo. Gli ero debitore. Non avrei mai preso una sposa da solo.

Quando Chloe sollevò le mani e mi afferrò i capelli, quando girò la testa e la sua bocca trovò la mia, il mio piano evaporò come neve al sole. Sembrava che il collare stesse funzionando anche per lei.

"Baciami. Scopami. Strappami di dosso questa stupida vestaglia da ospedale e fammi tua. Ti voglio. Vi voglio tutti e due. Ora. Subito." Le parole di Chloe detonarono nella mia mente e, prima che potessi lottare per non perdere il controllo, le strappai la vestaglia di dosso e usai la lingua per appropriarmi della sua bocca e due dita per appropriarmi della sua calda fica bagnata. La penetrai, le massaggiai la clitoride con forza, velocemente, senza pietà, fino a quando lei non inarcò la schiena, cacciò un urlò silenzioso e il suo corpo pulsò, caldo e stretto, attorno alle mie dita.

E una. Ma non aveva gridato il mio nome. Non mi aveva implorato.

L'avrei fatta implorare.

———

Chloe

OH. Mio. Dio.

La lingua di Seth mi invase la bocca, esigente e spietata. Mi assaporava. Mi esplorava. Mi possedeva con un bacio. Le sue dita si spingevano fino in fondo, niente preliminari, e io inarcai i fianchi per andare incontro al suo tocco rude. Ne avevo bisogno. Ne volevo ancora.

Sapevo che dietro di me c'era Dorian che guardava, ascoltava. La sua presenza e la sua attenzione mi facevano sentire bellissima e sexy e, oh, sì, una sporcacciona. Mi piaceva sapere che lui era lì, che voleva unirsi a noi, che ci guardava, che mi divorava con gli occhi. Lo percepivo attraverso il collare. Là dove Seth era familiare e dannatamente sexy in un modo decisamente confortante, Dorian era un alieno. Dorato, come un leone. La sua pelle e i suoi capelli erano bellissimi. I suoi lineamenti erano più affilati di quelli di un umano, i denti leggermente più appuntiti, e i suoi occhi? D'ambra, come quelli di un gatto, e intensamente concentrati. Aveva l'aspetto di un umano, con un viso tagliente, con zigomi prominenti. La sua lussuria che pulsava attraverso il collare aggiungeva benzina al fuoco e io mi infransi, andai in frantumi, e il mio corpo non fu più mio. Non ero mai venuta così, prima d'ora. Non così facilmente, così velocemente. O con così tanto bisogno.

La mano di Seth si fermò, premuta a fondo dentro di me, che mi teneva allargata e impalata sulle sue dita tozze. Mi baciò, ancora e ancora, la sua fame una droga che rinfocolava la mia.

Gettai il braccio da un lato e intrecciai le dita nei lunghi capelli dorati di Dorian. Lo tirai verso di me fino a quando le sue labbra non avvolsero il mio capezzolo. Dorian gemette, un suono che sparò dritto verso la mia clitoride e mi fece gridare nella bocca di Seth. Dorian cominciò a succhiarmi il capezzolo, e con la mano libera mi afferrò la coscia e me la fece spalancare. Aperta per farmi esplorare da Seth.

Seth sollevò la testa. "Assapora la sua fica, Dorian. Assaporala. Voglio sapere se è dolce."

Dorian rispose con un grugnito e mi lasciò andare il capezzolo per tracciarmi una lunga di linea di baci lungo il fianco. Indugiò un attimo scoprendo la mia cicatrice, il tributo al mio passato lungo venti centimetri, la cazzata di Bruvan, gli errori con cui avevo imparato a convivere. Ma poi riprese a muoversi velocemente, spalancandomi le gambe e muovendomi per farmi sedere sulle sue spalle. L'altra mia gamba era sempre poggiata sulla coscia di Seth, il sedere sospeso a mezz'aria mentre Dorian avvicinava la bocca alla mia fica. La fica bagnata che le dita di Seth continuavano a penetrare, facendomi impazzire.

Non appena Dorian fu in posizione, Seth ritrasse le dita e mi lasciò così, aperta per la bocca del suo secondo.

Pensai che Seth fosse come imbambolato, ma mi sbagliavo. Le sue dita mi risalirono verso il fianco, tracciando i contorni della cicatrice, la cicatrice che Dorian si era fermato per studiare per non più di un secondo.

Passò la punta delle dita sulla ferita, con leggerezza, e attraverso il collare mi arrivò un'esplosione di dolore protettivo, e gemetti, le lacrime che minacciavano di sopraffarmi mentre le montagne russe emotive che stavo cavalcando precipitavano e si risollevavano con una velocità e una furia che facevo fatica a contenere.

Seth continuò il suo viaggio sul mio corpo fino a quando non mi affondò una mano nei capelli, tenendomi ferma per uno dei suoi abili baci.

Mi sciolsi. Sotto il gioco del suo incantesimo.

E poi la bocca di Dorian si avvinghiò alla mia fica, la lingua mi penetrò a fondo, e poi si ritrasse per leccarmi e stuzzicarmi il clitoride. Ero lì, a gambe aperte in mezzo a loro due che mi tenevano ferma, e non potevo far altro che sottomettermi. Arrendermi.

E la verità è che non volevo che si fermassero. Ne avevo bisogno tanto quanto loro.

Dorian mi condusse verso un secondo climax, un altro orgasmo, ancora più intenso, più lungo del primo. Contrassi le dita dei piedi e non riuscii a fermare il lungo gemito che aleggiò nella stanza mentre Dorian si gettava sul mio clitoride, me lo succhiava e mi penetrava con due dita. E allora persi di nuovo il controllo.

Ancor prima che riuscissi a ritornare in me, Seth si staccò dalla mia bocca. "Dorian, togliti i vestiti e mettitela in ginocchio. Scopatela."

Dorian mi baciò l'interno coscia, il suo tocco gentile e riverente, tanto che non le mie reazioni non mi imbarazzavano. Come potevano, quando sapevo come si sentivano i miei compagni, quello che desideravano? Dorian scosse il capo, strofinando il naso sulla mia pelle tenera e sensibile. "No, Seth. Secondo la legge di Prillon Prime, tu sei il suo Compagno Primario, e quindi è tuo diritto reclamarla per primo, ingravidarla. Non posso reclamare la sua fica –"

"Io non sono un Prillon, Dorian," rispose Seth. "Voglio guardarti mentre la scopi. E quel culo? Voglio giocarci, mentre lo fai."

Al che Dorian sussultò, ma non discusse. Si alzò in piedi e nel giro di un secondo si era tolto tutti i vestiti. Lo guardai, i suoi addominali scolpiti e i suoi pettorali infiniti. Aveva le spalle larghissime. Le cosce potenti. E il suo cazzo? Dio, mi si contrasse la fica. Non riuscii a distogliere lo sguardo da quell'asta dura e dorata. Non ero sicura di poterlo prendere tutto. Di poter prendere lui. Prenderli assieme.

Ma il mio corpo si contrasse voglioso.

"Chloe. Compagna. Guardami." Dorian si alzò in piedi, le mani sui fianchi, e mi guardò mentre io guardavo lui, mentre prendevo ampie sorsate del suo corpo meraviglioso.

Lo guardai negli occhi e aspettai.

"Chloe, voglio scoparti. Io non sono il compagno che ti è stato assegnato. Sono il tuo secondo, un secondo che non hai richiesto. Devo sapere se questo è quello che vuoi. Veramente."

Il sogno che avevo avuto nel centro per i test mi ritornò alla mente con tutta la sua forza. Due uomini. Che mi volevano. Che mi amavano. Che mi proteggevano. Che mi *toccavano*. Senza esitare, dissi: "Sì, Dorian. Ti voglio. Vi voglio entrambi."

Subito mi tolse dalle braccia di Seth e mi si strinse al petto. Le sue labbra trovarono le mie, mi conquistò la bocca con lo stesso identico fervore che aveva Seth. Era alto. Enorme. Mi teneva sospesa e stretta contro il suo corpo, i piedi che mi penzolavano vicino alle sue ginocchia. Era alto più di due metri. Anche Seth era grosso, almeno un metro e novanta. Ma Dorian? Era enorme. Le spalle. Il petto. Le sue mani mi coprirono quasi tutta la schiena, e io affogai nel suo bacio, assaporai il desiderio delle sue labbra.

Si girò verso di noi, ma io non me ne accorsi fino a quando non si sedette e mi spalancò le gambe. Mi sedetti a cavalcioni su di lui, la punta del suo grosso cazzo si premette contro l'apertura della mia fica vuota, e restai lì, posata sopra di lui, le mani intrecciate nei suoi capelli, la testa gettata all'indietro, invitandolo. Volevo la sua bocca su di me, farmi succhiare i capezzoli mentre lo prendevo dentro di me.

Non ebbi bisogno di chiedere. Si piegò e mi fece inarcare la schiena così da poter supportare il mio peso mentre le sue labbra si avvinghiavano al mio seno.

Mi contorsi sotto la sua presa e allungai una mano per piazzare il suo cazzo esattamente lì dove lo volevo. Quando fui sicura che non potesse scappare, mi mossi. Me lo infilai dentro, centimetro dopo centimetro, il suo enorme cazzo che mi allargava e bruciava facendomi gemere e divincolare. Ne volevo ancora. Avevo bisogno di farmi penetrare a fondo. Fino in fondo. Farmi allargare. Farmi riempire.

Stringendo e rilassando i muscoli interni, scesi piano piano sulla sua asta dura, fino a sedermi sulle sue cosce.

Staccò la bocca dal mio seno e gettò la testa all'indietro per cacciare un ruggito. Si mosse sul letto, sollevò i fianchi e mi penetrò ancora più a fondo.

Gli avvolsi le mani attorno al collo e mi aggrappai a lui mentre lui si muoveva sotto di me, il suo corpo duro come la pietra, il suo cazzo che mi riempiva fino quasi a farmi mal. Quando ero certa che stesse per perdere il controllo, si fermò, le mani sul mio culo che mi spalancavano le natiche.

Mi aprì, e io sussultai sentendo che qualcosa di caldo e bagnato premeva contro la mia entrata posteriore.

"Questo culo è nostro, Chloe. Faremo a turni a scoparti lì. Nella fica. In bocca. Adesso sei nostra." Seth si inginocchiò dietro di me, tutto preso dal mio sedere mentre Dorian mi teneva aperta per lui. Girai la testa e vidi una scatola piena di dildi e divaricatori anali di ogni forma e misura. Seth aveva un piccolo dildo in mano e me lo fece vedere. Sollevò le sopracciglia, una domanda negli occhi. Eppure, continuava a premere le dita contro quel punto così sensibile, cospargendomi con una sostanza calda e oleosa. Preparandomi.

Muoveva le dita con gentilezza. Lentamene. Le parole dolci di Dorian mi rimbombarono nell'orecchio che gli avevo appoggiato al petto. "Rilassati, compagna. Lascialo entrare. Dacci tutto. Ci prenderemo noi cura di te." Mi accarezzò con quelle sue mani enormi, facendole scorrere su e giù lungo la mia schiena, il suo cazzo sempre sepolto a fondo dentro di me. Sorprendentemente, riusciva a restare fermo. Le mie pareti interiori si avvinghiarono attorno al suo cazzo e lo strizzarono.

Incrociai gli occhi di Seth e annuii. Poi chiusi gli occhi e mi voltai per affondare la faccia nel petto roccioso di Dorian. Inalai il suo profumo. Era selvaggio, come la foresta e il vento e la furia del temporale. Non riuscivo a definirlo, forse perché non era umano, ma il suo calore e il suo profumo, le sue enormi mani sulla mia schiena mi facevano sentire al sicuro. Protetta.

Amata.

Con gentilezza, Seth mi penetrò con il dildo, facendo breccia nel mio buchetto stretto con un pop attutito che mi fece sussultare e dimenare mentre il mio corpo si abituava all'invasione, al leggero bruciore.

E poi?

Il fuoco.

Ero troppo piena. Il cazzo di Dorian era come improvvisamente troppo grosso. Delle terminazioni nervose che non sapevo nemmeno di avere si accesero come dei lampi e mi fecero gemere, nutrendo la mia frenesia, il mio bisogno. Gli occhi di Seth vagarono sul mio corpo, il bisogno e la soddisfazione primitiva che provava di fronte a quello che aveva appena fatto mi facevano sentire allo stesso tempo bella e seducente. Sentiva il mio piacere, così come io sentivo la sua soddisfazione.

"Dio, Dorian." Il suo nome era una soffice supplica, e lui rispose, sollevandomi dal suo grembo e facendomi ricadere con forza, velocemente.

"Girala," ordinò Seth.

Non voleva aspettare che Dorian ubbidisse. Mi sollevò dal grembo di Dorian e mi girò prima di farmi riabbassare su Dorian. Grazie a un qualche tipo di reciproca comprensione, mi tenne ferma fino a quando Dorian non allineò il cazzo alla mia fica. Fino a quando non ricominciò a scoparmi. Mi ricordavo che quella posizione si chiamava 'smorzacandela', ma dubitavo che di solito la donna avesse un dildo nel culo o un altro uomo di fronte a lei. Dall'esterno, il dildo che avevo nel culo sembrava piatto, ma quando sbatté contro l'addome di Dorian, con il suo cazzo che si spingeva a fondo, era come se mi stessero scopando tutti e due.

Avevo gli occhi chiusi. La mia voce era stata rimpiazzata da un suono primitivo che non sapevo fossi in grado di emettere. Dorian mi teneva per i fianchi, sollevandomi dal letto, scopandomi da sotto mentre Seth si era inginocchiato di fronte a me. La sua bocca avvinghiata attorno al mio capezzolo e le sue dita sul mio clitoride, massaggiandomi e facendomi venire, ancora e ancora, mentre Dorian mi martellava da dietro.

L'orgasmo di Dorian mi spinse di nuovo nel baratro, il suo cazzo enorme pulsò dentro di me, e le sue emozioni si scatenarono dentro di me come un flash. Gemetti e lasciai che la marea mi trasportasse, il mio corpo non era più mio.

Non appena fu tutto finito, mi sollevarono e mi deposero sul materasso morbido. Seth si ergeva sopra di me come un antico Dio egizio.

"Guardami." Non era niente di meno di un ordine.

Mi sforzai di riprendere fiato e incrociai il suo sguardo. Aspettai. Lo volevo dentro di me. Che mi scopava. Che mi faceva sua. Avevo bisogno di lui tanto quanto avevo bisogno di Dorian.

Lo guardai negli occhi. Seth non mi lasciava andare, non mi lasciava scappare dalla sua presa. Mosse i fianchi in avanti e mi riempì col suo cazzo enorme.

Sollevai i fianchi per andargli incontro, spalancai le cosce per prenderlo più a fondo. Con il dildo ancora nel culo, sembrava davvero enorme. Dorian era di fianco a noi e ci guardava. Mi eccitava. Mi faceva sentire bellissima.

"Tu sei mia, Chloe," mormorò Seth muovendo velocemente i fianchi.

"Sì." Non c'era nient'altro da dire mentre Seth mi martellava fino in fondo, avanti e indietro. Con forza.

Collassò sopra di me, le mani intrecciate alle mie, e mi penetrò fino a quando entrambi non esplodemmo di nuovo.

Quando finimmo, i miei compagni erano distesi attorno a me, e le loro grandi mani mi premevano sul corpo. Ricoprendomi. Reclamandomi. Seth tirò su il lenzuolo e tutti e tre ci addormentammo subito.

6

*C*hloe, *Ufficio del Comandante Karter*

ERA STRANO ESSERE in piedi nell'ufficio del comandante senza l'uniforme della Coalizione addosso. Indossavo dei semplici pantaloni neri e una maglia con le maniche lunghe. Dei vestiti larghi e comodi. Morbidi. Niente armatura. Niente fondina. Mi sentivo più nuda ora di quanto non fossi stata solo qualche minuto prima, premuta in mezzo a Seth e a Dorian e urlando i loro nomi in preda al piacere.

Praticamente avevo passato due giorni rinchiusa nei loro alloggi. Mi avevano spogliata. Scopata. Dato da mangiare di tutto, dalla cioccolata a degli esotici frutti alieni che non avevo mai assaggiato prima. Mi avevano fatto il bagno e avevano ricominciato da capo. Nessuno mi aveva coccolata così tanto in vita mia.

La fica mi faceva un po' male – i loro cazzi erano impressionanti ed era passato un po' di tempo dall'ultima volta che avevo visto un po' di azione – e avevo i capezzoli leggermente irritati. Avevo come la sensazione che, siccome ci eravamo appena conosciuti, si fossero trattenuti. Non avevo dubbio che col tempo sarebbero diventati sempre più focosi. Selvaggi. Più esigenti. Meno attenti alla loro preziosa, fragile compagna.

Non vedevo l'ora.

Dio, davvero solo due giorni fa era ancora sulla Terra? E guardatemi ora. Al cospetto di un enorme comandante Prillon.

Scopata a dovere.

Con indosso il collare.

Ne sentivo il peso sulla parte posteriore del collo, mi premeva sulla clavicola. Non era pesante, era solo... che era lì. E così anche le onnipresenti emozioni di Seth e Dorian. Non appena il collare si era acceso, mi ero sentita connessa a loro in un modo che nessuno sulla Terra avrebbe mai potuto spiegare. Psichicamente, forse. Era come se i nostri cervelli facessero parte della stessa rete. E anche se non riuscivo a leggergli nella mente – il che era un bene, a giudicare dalle loro espressioni incazzate – percepivo la loro rabbia, la frustrazione che provavano per essere stati convocati nell'ufficio del comandante.

Probabilmente perché il comandante si era messo in mezzo tra loro e una bella scopata.

"Comandante, è stato lei a chiederci di affrettare il nostro ritorno così che potessi reclamare la mia compagna. Mi sembra ridicolo che soltanto dopo un giorno veniate già a portarci via da lei," disse Seth. Anche se il suo tono era deferenziale, le sue parole erano tutto l'opposto.

Il Comandante Karter si alzò e girò attorno alla scrivania. "Questo prima che sapessi chi è la vostra compagna. E tu, Capitano, perché diavolo sei qui?" chiese a Dorian.

"Sono il secondo del Capitano Mills. Abbiamo rivendicato Chloe assieme."

"Sì, li vedo anche io i collari." Il Comandante Karter mi guardò. "I test ti hanno abbinata a un unico compagno. Seth Mills. Eppure, nel giro di pochissimo tempo, eccoti già qui con due dei miei soldati. Sei d'accordo con questa sistemazione?" Posò lo sguardo sul mio collare e ondeggiò il dito per indicare Seth e Dorian.

"Sì, signore," risposi. Il sogno che avevo fatto durante i test vedeva me assieme a due uomini. Eppure, mi avevano abbinata a uno soltanto. Oppure ero stata abbinata sia a Seth che Dorian senza che loro lo sapessero? Forse il subconscio di Seth aveva sempre considerato Dorian come suo secondo? Dovetti supporre di sì, dal momento che scopare con loro due era stato anche meglio del sogno. Per una volta, la realtà superava la fantasia. Dopo di loro, sarebbe stato impossibile per me accontentarmi di un unico uomo. E Seth e Dorian? Gli altri uomini sembravano degli incompetenti. La mia fica si contrasse. Era d'accordo con me.

Il Comandante Karter annuì.

Seth si accigliò. "Posso parlare liberamente, signore?"

"Non l'hai già fatto?"

Oh, mi piaceva questo tizio. Di certo era un tipo severo, ma non era uno stronzo. Questa nave sembrava essere invischiata nella guerra contro lo Sciame fino al collo, e lui non aveva tempo di seguire le regole alla lettera. Se lo avesse fatto, non si sarebbe combinato niente di niente. I bravi leader erano flessibili, si adattavano alla merda che pioveva dal cielo. Non facevano come Bruvan. Dio, quello era uno stronzo di proporzioni epiche. Prendeva decisioni in base al suo ego, non alle informazioni che gli fornivo. E si sbagliava. La gente moriva. La nostra nave era stata colpita, e non solo io ne ero uscita ferita, ma mi avevano anche incolpata per l'intero disastro. Otto morti. Una nave distrutta. Della preziosissima tecnologia perduta per sempre. E io ero stata rispedita a casa, mentre Bruvan si era guadagnato un nuovo team e delle pacche comprensive sulle spalle.

Tipiche stronzate burocratiche.

No, il Comandante Karter sembrava avere la situazione in pugno. Era capacissimo di far stare tutti questi maschi alpha al loro posto. Tuttavia, non aveva ancora azionato il pulsante della possessività sui miei compagni. Ma stava per farlo. Sapeva chi fossi. Era il Comandante di un battaglione, aveva pieno accesso ai miei file. Forse sapevo già quello che voleva, qualcosa che ai miei compagni iperprotettivi non sarebbe piaciuto neanche un po'.

Seth spostò il peso da un piede all'altro ed espirò. Dorian incombeva silenziosamente su di noi. Non sul comandante: era anche lui un enorme Prillon.

"Non pensavamo di dover proteggere la nostra compagna dal nostro ufficiale di comando," disse Seth. Eccolo qui, il compagno possessivo di cui parlavo.

Il Comandante Karter ci guardò tutti e tre, guardò i collari che avevamo attorno alla gola e le espressioni severe sulle facce dei miei compagni. Guardò me, le sopracciglia sollevate in modo interrogativo. Mi limitai a fare spallucce... e a sorridere. Se i miei nuovi compagni volevano dedicarmi un po' di attenzioni extra, a me andava più che bene. Con mia enorme sorpresa, l'enorme comandante Prillon gettò la testa all'indietro e scoppiò a ridere. "Non ha bisogno della vostra protezione."

Entrambi i miei compagni si stizzirono. Eh già, erano protettivi. E possessivi.

"E questo cosa vorrebbe dire?" chiese Seth.

Il Comandante Karter sollevò una mano. "Mills, vedi di calmarti."

Due parole e si aspettava che questi due dominanti maschi alpha si dessero una calmata. Riuscivo a sentire la rabbia che sprizzava dai loro collari. Il comandante non aveva bisogno di un collare per fare altrettanto. Non ero sicura di dove stesse andando a parare, e quindi rimasi in silenzio. Avevo imparato un sacco di tempo fa che a volte la cosa migliore è restare zitti e in ascolto.

"La vostra compagna non è una semplice sposa che viene dalla Terra. Era una combattente della Coalizione. È abbastanza brava per saper badare a sé stessa." Si schiarì la gola e mi guardò contrariato. "Ovunque si trovi."

"Lo sappiamo che è una veterana," disse Seth. "Ma, ecco... uhm, è che negli ultimi giorni siamo stati un po' troppo occupati, e non abbiamo avuto tempo di conoscerci per bene."

Seth stava arrossendo? Adorabile. Seriamente. Volevo mettermi in punta di piedi e schioccargli un bacio sulla guancia.

Il comandante si schiarì la gola. Aveva capito benissimo.

"Mentre voi eravate occupati con lei, io ero occupato con il suo file."

Ah, ci siamo... ora ero io quella che arrossiva.

"Non sapevo che lei si preoccupasse personalmente di tutte le spose che arrivano sulla corazzata," aggiunse Dorian. Si appoggiò al muro. Anche se sembrava rilassato, non lo era affatto. Gli sarebbe bastato sollevare il braccio per mettermi la mano sulla spalla. Avrebbe potuto tirarmi a sé con un movimento repentino della mano sinistra, stringermi e bloccarmi, e usare la destra per tirare fuori la pistola dalla fondina.

"Infatti, non è così. Di queste cose se ne occupa il

Programma Spose. Ma quando la dottoressa le ha dato una controllata subito dopo il suo arrivo, il suo profilo ha messo in allerta il sistema di difesa della nave. La dottoressa ha ritenuto opportuno informarmi della sua presenza a bordo della nave."

Dorian allungò una mano e mi fece voltare per guardarmi negli occhi. Inclinai la testa all'indietro… di parecchio, per poter incrociare il suo sguardo pallido. "E perché il tuo nome dovrebbe mettere in allerta il sistema di difesa?"

Il tono aspro che aveva usato finora con il comandante era svanito. Prima di rivolgersi a me era riuscito in qualche modo ad addolcire le sue emozioni; riuscivo a sentirlo anche attraverso il collare.

Mi schiarii la gola. "Mi dispiace, Dorian. Non posso dirtelo."

Alla faccia delle emozioni addolcite. Sentii una cannonata di frustrazione che mi colpiva con violenza e feci un passo indietro. Dorian mi afferrò il bicipite e mi tenne lì, di fronte a lui, con il suo tocco che amplificava la confusione e la tensione che anche lui sentiva. E non in modo positivo. Wow, questi collari erano qualcosa.

Mi massaggiai il collo. "Si possono spegnere questi così?"

"No." Seth era estremamente infastidito dalla mia domanda, ma comunque riuscì a calmare le sue emozioni, e così non mi sentii nel bel mezzo di un'eruzione vulcanica causata dalla furia dei miei compagni.

Dorian si accigliò. "Perché non puoi dircelo? Non ti giudicheremo, Chloe. Non temere. Siamo i tuoi compagni. Siamo tuoi. Del tutto e in tutto. Puoi dirci qualsiasi cosa."

"Non può dirvelo perché non è autorizzata a farlo," disse il comandante.

"Se non può dircelo, allora perché ne stiamo parlando?" chiese Dorian.

"Capitani, la *vostra* presenza qui non era richiesta. Io ho convocato solo il *Comandante Phan*. Ho bisogno di discutere con lei di una missione. E devo informarla riguardo il suo nuovo ruolo come membro del mio team di comando."

"Cosa?" chiesi con rinnovato interesse. Sì! Dio. Gli ultimi mesi sulla Terra mi avevano fatti quasi andare fuori di testa. E i due giorni assieme a Seth e Dorian erano stati fantastici. Sexy. Eccitanti. Meravigliosi. Ma non potevo fare sesso tutto il giorno, tutti i giorni.

Beh, oddio, *potevo*, ma avevo anche bisogno di qualcos'altro. Così come anche i miei compagni.

Stare con le mani in mano sulla Terra? Sapere che lo Sciame era là fuori e che stava vincendo? Che ci stava uccidendo? Che stava distruggendo tutto quello che gli si parava di fronte? Non mi faceva dormire la notte. Restavo sveglia a guardare le stelle e a pensare a quello che stava succedendo qui nello spazio profondo. Guardai il comandante. "Non mi è permesso di ritornare in servizio e occuparmi di –" dovevo ricordarmi che non potevo dire niente "– delle stesse cose."

Il comandante Prillon annuì, per niente sorpreso. "Ho letto il tuo file. So benissimo che –" Alzò gli occhi per pensare a quello che poteva dire senza rivelare niente. "Ho letto il tuo file. Non ti verrà richiesto di ritornare sul campo."

Di botto mi rilassai. Conosceva il mio passato. Le mie ferite. Lo strano aggeggio che avevo nella testa. E avrebbe trovato un modo per sfruttarlo a suo vantaggio. A mio vantaggio. Volevo saltare in aria e gridare di gioia. Ma, a giudicare dallo sgomento che leggevo sulle facce dei miei compagni, questo non era proprio il momento. "Accetto la posizione. Grazie, Comandante Karter."

"Eccellente, Comandante Phan." Il Comandante Karter si alzò e uscì da dietro la scrivania per porgermi il braccio, da guerriero a guerriero. "Occuperai il quarto grado nella catena di comando del Battaglione Karter. Preparati a incontrare il resto del team di comando e i leader del nostro team operativo. Domani mattina, primo turno."

"Comandante Phan? Seriamente?" Seth gridò come se l'avessero frustato. "Sei una comandante?"

Il Comandante Karter incrociò le braccia sul petto. "Per caso non mi hai sentito mentre mi rivolgevo alla vostra compagna? Posso ripeterlo una terza volta, se volete. E quando siete fuori dai vostri alloggi privati, Capitani, vi suggerisco di rivolgervi alla comandante con il rispetto che si deve a un superiore."

"Comandante Karter, è uno scherzo, vero? Perché io non mi sto divertendo neanche un po'." Il tono di Dorian era ingannevolmente pacato rispetto al tumulto di emozioni che mi bombardavano attraverso il collare.

"Ero una comandante," dissi cercando di calmare i miei compagni. Cavolo. Il testosterone era utilissimo a letto ma, ora come ora... i loro istinti aggressivi e protettivi mi stavano facendo affogare. "*Ero* una comandante."

Il Comandante Karter si schiarì la gola e parlò alzando la voce. "Apertura comunicazioni. Qui parla il Comandante Karter. Da questo momento in poi, la Comandante Chloe Phan viene ufficialmente reintegrato come membro attivo della Flotta della Coalizione, col grado di ufficiale di comando incaricato della supervisione delle squadre ReCon e del team di Comunicazione." Più i miei compagni si facevano prendere dallo sgomento, più lui mi sorrideva. Si stava chiaramente divertendo fin troppo. "Tu *sei* una comandante, Lady Phan."

"Lady Mills."

Il comandante agitò la mano con fare sprezzante. "Non

ancora. Signori miei, quel collare è ancora nero, per quanto vedo io."

La voce di Seth era fredda. Calma. "Non può essere una sposa e una combattente della Coalizione. Noi siamo i suoi compagni, l'abbiamo reclamata."

"Capitano, conosco benissimo le regole," disse il comandante. "Tuttavia, quella regola esiste specificatamente per il personale militare attivo sul campo di battaglia. Lei mi servirà qui, sulla Karter, e non andrà in prima linea a combattere lo Sciame."

Seth attraversò la stanza e si posizionò di fianco a Dorian così da potermi guardare in faccia e studiarmi.

Mi portai una mano al collo. "Ragazzi, mettete un freno a queste emozioni. Lo sento che volete prendermi di peso e rinchiudermi nei nostri alloggi."

"Allora questi collari funzionano proprio bene, perché è esattamente così che mi sento," disse Seth. Sulla tempia gli pulsava una piccola vena.

Guardai il comandante. "Sarò sul ponte di comando domani mattina presto, signore."

"Eccellente. Potete andare."

Mi avvicinai alla porta e la aprii. I miei uomini mi si misero davanti impedendomi di uscire. Mi squadrarono dalla testa ai piedi, e poi guardarono il comandante. Senza dire una parola, Dorian si chinò in avanti e mi gettò sulla spalla. Girò i tacchi e si incamminò per il corridoio. Aveva il passo lungo e ci avremmo messo un minuto a ritornare nei nostri alloggi. Era ovvio che era lì che stavamo andando, anche se non l'avevano detto a chiare lettere.

"Sii pronta, compagna," disse Seth. "Non appena torneremo nei nostri alloggi, ti sottometterai. E ci dirai tutto."

"Non posso." Era la verità. Chiara e semplice.

Dorian mi diede uno schiaffo sul culo e poi me lo strinse con la sua grande mano. "Odio questa situazione, compagna. La odio. Ma se così dev'essere, allora ti scoperemo fino a farti dimenticare come ti chiami."

Va benissimo.

hloe, Alloggi privati

"VOI SIETE DUE PAZZI," dissi dopo che Dorian mi mise giù. Aveva aspettato che la porta dei nostri alloggi si chiudesse e che Seth avesse fatto scattare la serratura. Non era proprio necessario, non avevo nessuna intenzione di darmela a gambe levate – non che questi due enormi guerrieri me l'avrebbero permesso.

"Forse, ma dopo che uno scopre che la propria compagna è una comandante dell'intelligence, beh... non puoi biasimarci," disse Dorian sfilandosi l'armatura.

"Non ve lo stavo nascondendo di proposito," risposi voltandomi e avvicinandomi al tavolo nella piccola area con la cucina e passando le dita sulla liscia superficie di metallo. Non volevo guardarli, non mentre affrontavamo questo discorso. Riuscivo a _sentire_ le loro emozioni, e questo bastava e avanzava.

"Spogliati, comandante," disse Seth. Era in piedi, le gambe in linea con le spalle, le braccia incrociate sull'ampio petto.

Quello sì che me lo fece guardare. Dorian si tolse la fondina e la poggiò sul tavolo con un tonfo pesante. Il suo petto era dorato, appena appena infarinato da una leggera peluria. Ripensai a quanto fosse soffice al tatto, a quanto fosse calda la sua pelle, a quanto fossero tonici i suoi muscoli.

Mi stizzii, ma siccome sentivo la lussuria che pompava attraverso il collare, immediatamente i miei muscoli si rilassarono e un soffice gemito mi scappò dalle labbra. Seth non si stava comportando in modo esigente, a mo' combattente della Coalizione. Era esigente come doveva essere un compagno dietro una porta chiusa a chiave.

E il mio, di compagno, voleva che io mi spogliassi.

Incespicando con le dita – non perché fossi nervosa, ma perché il loro bisogno che mi attraversava le vene mi distraeva fin troppo – mi sfilai la maglietta e la gettai sul pavimento.

Quando alzai lo sguardo, vidi che Dorian era nudo. La pelle dorata, i muscoli robusti e il cazzo enorme. Mi leccai le labbra. Lo volevo. Sapevo com'era stringerlo nella mano, che le mie dita facevano fatica ad avvolgerlo. Sapevo com'era averlo dentro di me, con quella punta ingrossata che mi colpiva in tutti i punti giusti. Lo volevo.

Dorian si incamminò verso la camera da letto e io ammirai quel suo culo perfetto, i fianchi stretti e le lunghe cosce muscolose. Una volta sulla soglia, si voltò e arricciò un dito facendomi cenno di raggiungerlo.

Non c'era bisogno di parole. Era come se i nostri collari fossero dei bracciali Atlan, impedendoci di allontanarci l'uno dell'altra, anche solo di pochissimo. Attraendomi a lui.

Feci un passo in avanti, ma Seth mi fermò.

"Non ancora, dolcezza. Ti ho detto di spogliarti."

Indossavo solo il reggiseno e i pantaloni e Seth doveva ancora muoversi. Gli piaceva guardarmi mentre lentamente mi rivelavo a lui. Non era uno striptease. Anzi. Quei vestiti semplici e quell'intimo ancora più scialbo erano ben lungi dall'essere sexy. Glielo dissi.

"Non ho bisogno di vederti in lingerie perché mi venga voglia di inginocchiarmi davanti a te," rispose. Si mise una mano sul cazzo, se lo massaggiò. Riuscivo a vedere come gli gonfiava i pantaloni. "Questo, dolcezza, è tutto tuo. Fa' come ti dico e potrai averlo."

Accompagnò le sue parole con un ghigno sexy.

Mi bastava spogliarmi per averlo? Detto fatto.

Mi sfilai e sciolsi tutto, gettai il resto dei miei vestiti e mi piazzai davanti a lui, l'aria fredda che mi inturgidiva i capezzoli.

Seth vagò con lo sguardo sul mio corpo. Inclinò la testa. "Brava ragazza. Ora vai da Dorian. Ti sta aspettando."

Entrai nella camera da letto, sentivo gli occhi di Seth addosso, sentii il suo passo pesante che mi seguiva.

Dorian era seduto sul bordo del letto, le ginocchia spalancate, il cazzo tozzo e ricurvo che gli toccava lo stomaco. Vidi una goccia di pre-eiaculazione luccicare sulla punta e sul suo ombelico.

"Bellissima," disse con voce roca mentre mi squadrava dalla testa i piedi.

Sentii che pensava veramente quello che diceva. Gli piaceva quello che vedevano. Mi volevano.

"Fuori da questi alloggi sarai pure uno degli ufficiali di più alto grado, dolcezza, ma qui, qui con noi, siamo noi che dirigiamo lo spettacolo," disse Seth da dietro di me.

Tremai. Ripensai a loro due che mi dominavano. Oh, ogni volta che avevamo scopato erano stati loro a comandare, ma non l'avevano mai detto esplicitamente. Sentivo il loro controllo e lasciavo che se lo prendessero. *Volevo* che se lo prendessero.

Ora, però, era diverso.

"Non sono diventata una sposa per tornare a lavorare per la Coalizione."

Dorian alzò gli occhi per guardarmi – per la prima volta ero io quella più alta – e scosse la testa, lentamente. "E sarebbe stato un modo stupido per riuscirci. Saresti stata incastrata con un compagno, anche se non era quello a cui eri stata abbinata. Non si scappa."

"E ora sei incastrata con due, di compagni," aggiunse Seth.

Mi voltai, le mani sui fianchi. "Pensi che mi senti come *incastrata?*"

"No." Seth infilò un dito sotto il collare. "Ma, oltre ai tuoi compagni, ci sono un sacco di altre persone che ti trovano impressionante."

Oh. Ora riuscivo a sentire l'orgoglio che si mescolava alla frustrazione.

"Non siete arrabbiati?" chiesi mordendomi il labbro. Mi sentivo ridicola a starmene a culo nudo mentre parlavo del mio passato da militare, ma dovevamo parlarne. Era una cosa invisibile, quasi intangibile… ma andava affrontata.

"Cazzo se lo siamo."

"Non con te, compagna," mi spiegò Dorian. "È perché noi siamo i tuoi compagni e dovremmo sapere tutto di te. Niente segreti. Eppure, tu nei hai molti."

"E anche voi," risposi. Lavorando con le squadre ReCon, c'erano un sacco di cose di cui non potevano parlare.

"Esattamente. Ed è per questo che si sentiamo frustrati. Non mi aspettavo di avere una compagna con un passato simile al nostro. Che ha visto la morte, la distruzione. Il male. È compito nostro proteggerti da tutto questo. Eppure, non possiamo. Ora, con Karter che ti vuole tra le sue file, non dobbiamo fare i conti soltanto con il passato."

Mi avvicinai a Dorian e mi misi in mezzo alle sue gambe spalancate. Il suo viso era esattamente all'altezza dei miei seni, ma non li stava guardando. No, i suoi pallidi occhi erano fissi suoi miei.

"Sei protettivo," dissi.

Annuì.

"Possessivo."

Seth si posizionò dietro di me e io sentii la sua fredda armatura che mi spingeva contro la schiena. "Poco ma sicuro," disse. "Sulle tue cosce c'è il ancora il nostro seme."

Dorian mi infilò una mano in mezzo alle cosce e io sussultai. Mi penetrò con un dito e io mi misi in punta di piedi. "E qui ce n'è ancora di più. Hai la fica piena del nostro seme. Te ne abbiamo dato così tanto che potresti già essere incinta. E quando sentiamo che ti vogliono assegnare a una qualche pericolosa missione della Coalizione? È ovvio che ci arrabbiamo. Per nulla al mondo permetteremo che la nostra compagna – il nostro bambino – corrano dei pericoli."

Mentre parlava il suo dito continuava a fare dentro e fuori. Aveva ragione, il loro seme gli facilitava il movimento. Arricciò il dito e trovò il punto giusto che mi fece gridare, implorare, gemere. Ero alla loro mercé.

"Io... io lavorerò dietro a una scrivania. Niente di pericoloso." Riuscivo a malapena a parlare."

Seth si sporse in avanti, mi scostò i capelli da un lato, e mi baciò lungo tutto il collo. "Hai accettato i collari e l'abbinamento prima che Karter ti offrisse un lavoro. Siamo noi la tua priorità. E adesso te lo ricorderemo."

"Va bene," risposi. Cos'altro potevo dire, quanto bastava il dito di Dorian a portarmi sull'orlo dell'orgasmo?

"Come ho detto, compagna, ti faremo dimenticare anche come ti chiami." Gli occhi di Dorian si accesero di passione.

"Sì," risposi chiudendo gli occhi, come offuscata dalla nebbia della passione. Volevo solo prendere tutto quello che avevano da offrirmi. Mossi i fianchi e cominciai a cavalcare quel dito, a scoparlo.

Poi mi sorprese uno schiaffo sul culo. Il dolore mi fece cacciare un grido. Mi contrassi attorno al dito di Dorian.

E venni.

Mi arresi al piacere, alla sua luminosità, al dolore delle sculacciate. Tutti si mescolò e sentii il languido piacere che mi inondava. Mi cedettero le ginocchia e poggiai una mano sulla spalla nuda di Dorian per sorreggermi.

Non appena quella sensazione svanì, sentii un altro schiaffo piombarmi sul culo.

"Ti abbiamo per caso detto che potevi venire, dolcezza?"

Seth. Forse era il fatto che non avesse delle usanze radicate dentro di sé come Dorian che lo rendeva così autoritario. Lui era così, la sua vera faccia. Voleva dominarmi, non solo perché gli piaceva, ma perché piaceva anche a me. *Sapeva* che facendo così mi eccitava.

Diamine, era bastata una veloce sculacciata per spingermi oltre il baratro. Non mi avevano quasi mai sculacciata prima d'ora, e quindi non avevo idea che mi piacesse. Ma con Seth? Spinsi il culo all'infuori, più che potei, senza smettere di cavalcare il dito di Dorian.

Dorian sfilò il dito e se lo ficcò in bocca, lo succhiò e lo leccò ripulendolo.

La mano di Seth mi colpì sull'altra natica. Sussultai, e i seni mi ondeggiarono per l'impatto. "Ti piace, dolcezza, non è vero? Non c'è bisogno che tu lo dica, lo sappiamo. Riusciamo a sentire il tuo corpo che si scalda, la tua fica che si bagna. Diamine, quel poco di dolore ti ha fatta venire."

Dorian sorrise e studiò il mio viso. "Piegati in avanti, compagna, e succhiami il cazzo."

Seth si mise a ridere e sapevo che riusciva a sentire l'ondata di desiderio che ci attraversò tutti e tre udendo le parole di Dorian. Senza nemmeno accorgermene, mi leccai le labbra.

Feci come disse Dorian. Gli poggiai le mani sulle cosce e mi piegai in avanti. Il suo cazzo era lì, pronto per la mia bocca. Gli leccai la punta, come se fosse un lecca-lecca, leccando via tutta la sua pre-eiaculazione.

"Ho il tuo sapore sulla lingua, e con quella tua bocca calda, non durerò a lungo."

Sorrisi senza staccare la bocca dalla grossa punta del suo cazzo. Mi sentii potente, almeno fino a quando Seth non mi sculacciò di nuovo. Mi infilai il cazzo di Dorian dritto in gola.

"Cazzo," gemette Dorian. Sentii un lampo di piacere, lo ingoiai e strinsi le labbra attorno alla base.

Mi ritrassi e respirai profondamente. Seth si allontanò. Non riuscivo a vederlo, e così mi concentrai sul cazzo di Dorian. Se fossi riuscita a farlo venire, avrei dimostrato di poter essere io a comandare. Che detenevo il potere."

"Stai provando la scalata sociale?" chiese Seth rientrando nella stanza. "Lo so che lo vuoi. Vuoi far venire Dorian solo per provare qualcosa, non per dargli piacere."

Davvero?

Mi ritrassi, poi lo presi tutto nella mia bocca e alzai gli occhi per guardarlo. Lui mi infilò la mano nei capelli e mi bloccò.

"Voglio solo farti venire," ammisi.

"Perché?" mi chiese spingendomi la testa.

"Perché posso."

Sorrise, mi fece alzare e mi baciò. Sentii il mio stesso

sapore sulla lingua, i nostri sapori che si mischiavano. Salati, muschiati. Potenti.

Quando si ritrasse, i suoi occhi pallidi erano conficcati nei miei, le nostre labbra a meno di un centimetro di distanza. "Adesso prenderemo noi il controllo, compagna. Non perché siamo più forti, ma perché sarai tu a darcelo. Un dono. E quando mi succhierai il cazzo, quella bocca servirà a darmi piacere. A dare piacere a te mentre lo fai."

"Sottomissione," dissi, una parola che mi scivolò sulla lingua così come la mia eccitazione colava lungo i miei fianchi. Sì, volevo che fossero loro ad avere il controllo. Volevo che mi scopassero la bocca, e non il contrario.

"Ci prenderemo le tue preoccupazioni, le tue ansie. Tutto. Non devi far altro che obbedire. Sottometterti," disse Seth.

"Godere," aggiunse Dorian.

"Sì," ripetei, e lo volevo al punto che mi faceva male la fica. Che il mio clitoride pulsava.

"Sì, signore," chiarì Dorian. "Oppure sì, compagno. nient'altro."

La sua voce profonda mi fece calare completamente nella parte. Avevo un comandante che aveva delle aspirazioni professionali per me. Un ruolo di peso che non avevo richiesto e che ero costretta ad accettare. Lo volevo. Oh, volevo sentirmi di nuovo desiderata. Era così inebriante sentirsi desiderati.

Ma quello era un soldato. Uno specialista dell'intelligence.

Non ero io. Avrebbero potuto scambiare il mio nome con quello di chiunque altro e Karter sarebbe stato altrettanto eccitato.

Ma Seth e Dorian volevano me. *Me*! Soltanto me.

Ero stata abbinata a loro. Ero loro. E quindi sottomettermi a loro non era una scelta a cui dovevo pensare. Era subconscia. Non avevo bisogno di controllare Dorian con un pompino fenomenale. Sarebbe venuto, certo. Ma se gli avessi offerto la mia bocca, la mia lingua umida, sarebbe venuto, sì, ma sarebbe stato un dono che avrebbe dato piacere a entrambi.

Fuori da questi alloggi, io ero la Comandante Phan. Qui, ora, nuda, esposta e vulnerabile, ero Chloe Phan, una compagna. Volevano solo quello che potevo dargli. Nessun'altro. Volevo il dono più prezioso di tutti, il dono più difficile da dare e, allo stesso tempo, il più prezioso da ricevere. La mia volontà.

"Sì, signore," dissi incrociando lo sguardo di Dorian e annuendo velocemente. Guardai Seth. "Sì, compagno."

Sentii il calore, l'eccitazione, il bisogno che ci attraversò tutti quanti, e subito dopo un fragoroso senso di autorità mi investì.

Non era la mia.

Era la loro.

Non dovevo preoccuparmi di lavorare di nuovo con la Coalizione. Non dovevo preoccuparmi di quello che c'era scritto nel mio file. O di Bruvan. O di essere un decifratore esperto, delle vite che c'erano in gioco e degli errori che non potevo commettere. Del figlio che loro volevano avere da me. Non dovevo preoccuparmi di niente. Solo di quello che Dorian e Seth stavano per dire.

"Succhiamelo, compagna."

Abbassai di nuovo la testa sul cazzo di Dorian. Questa volta con fare benevolo, con accettazione, sentendo il bisogno di dargli piacere.

"Sì, compagna. Così. Brava ragazza."

Sentii la mano di Seth che mi scivolava sulla fica bagnata, prova che ero pronta per loro. Sussultai, e Dorian gemette.

Non aveva nessun interesse per la mia fica. Usò i miei

stessi umori per inumidirmi il culo, così che, quando mi mise la mano sulla schiena e il suo pollice si posò in mezzo alle mie natiche, gli fu facile disegnare dei piccoli cerchietti e spingerlo dentro.

Non avevo bisogno di pensare a quello che stava facendo. Dovevo sentire e basta. Gli avvolsi la mano attorno alla base del cazzo – le mie dita non riuscivano nemmeno a toccarsi – e cominciai a fare su e giù.

Uno sbaffo freddo di lubrificante mi scivolò sull'entrata posteriore. Il pollice di Seth continuava a roteare e premermi contro l'entrata posteriore, fino a quando non riuscì a infilarsi dentro. Era come se mi avesse agganciata, ma con leggerezza.

Quando Dorian mi mise una mano sulla spalla e mi fece alzare, rimasi sorpresa. Con me stessa. Ero stata così concentrata sulla sua asta dura che mi penetrava la bocca, sulla punta ingrossata che mi toccava la gola, al modo in cui lui respirava. Ero stata tutta concentrata su di lui. Intensamente.

"Voglio riempirti la fica con il mio seme, compagna. Lo so che ti piacerebbe ingoiarlo, ma così non potremmo ingravidarti."

"Sì, compagno," dissi ricordandomi quello che mi aveva detto.

Mi portò il pollice sulla bocca e me lo passò sulle labbra bagnate. Potevo solo immaginare che aspetto avessi, le labbra probabilmente rosse e rigonfie, gli occhi luccicanti. Senza dubbio Dorian poteva vedere il pollice di Seth che mi spariva su per il culo.

Seth si inginocchiò, ma non senza rimuovere il pollice da dentro di me; era sempre lì, che mi allargava, che mi teneva aperta.

Dorian mi avvinghiò una mano attorno alla vita e,

lentamente, mi attirò verso di lui. "Arrampicati su di me, compagna."

Seth si mosse con me mentre mi sistemavo sul cazzo di Dorian, me lo infilavo dentro. Il suo palmo posato sui miei lombi, il suo pollice sempre più a fondo dentro di me.

"Oh, Dio," dissi chiudendo gli occhi. Era una doppia penetrazione così intensa. Il cazzo di Dorian era così grosso e tozzo che mi stava praticamente spaccando a metà. E il pollice di Seth? Mi faceva sentire così piena.

Sentii il desiderio di Dorian raggiungere il culmine e lo strizzai, e sentii la soddisfazione che provava Seth nel vedermi che li prendevo così bene, che mi sottomettevo.

"Cavalca il suo cazzo, Chloe. Su e giù, prendilo fino in fondo e fatti inondare dal suo seme."

Seth era un esperto quando si trattava di dire sconcerie. Non avrei mai immaginato che lo sperma potesse essere così eccitante, ma ora loro lo stavano usando per reclamarmi, marchiarmi, *ingravidarmi*, come aveva detto Dorian. Avrei dovuto odiarlo, e invece no. No, stava per farmi venire. Averli che venivano dentro di me, il loro seme che mi riempiva, che veniva accolto da un uovo, che faceva nascere un bambino, Dio, mi faceva eccitare come non mai.

"Sì," gemette Dorian. Non mi ero accorta di star pensando a voce alta. Dorian aggiunse: "Ti riempiremo di cazzi e sperma, compagna, fino a quando non ti daremo un figlio."

Seth mosse il pollice dentro di me, sempre più a fondo, sempre più a fondo, poi lo sfilava, facendo come avrebbe poi fatto con il suo cazzo.

"Sento che stai per venire. Non farlo."

Gemetti. "Seth, ti prego."

"No. Aspetta Dorian."

Dorian mi mise le mani sui fianchi, con presa salda, e

cominciò a muovermi come più gli piaceva, ad alzarmi e ad abbassarmi velocemente.

Aveva la fronte imperlata di sudore, digrignava i denti. Sentii il suo cazzo che si ingrossava dentro di me, il suo respiro che si faceva affannoso. "Ora," ordinò.

Seth ritrasse completamente il pollice e poi me lo rinfilò dentro. Quel dolore lacerante mi fece impazzire e venni assieme a Dorian, il mio urlo riempì l'aria mentre le sue dita si affondavano nei miei fianchi e il suo ruggito si spegneva sul mio collo. "Sì, prendilo tutto."

Sentii il suo cazzo che pulsava, il suo sperma caldo che mi inondava. Era selvaggio e forte. Oscuro e perverso. Carnale e primitivo. E io l'adoravo.

Seth sfilò il pollice ancora una volta e io rimasi lì, quasi incapace di riprendere fiato. Dorian continuò a martellarmi, poi rallentò fino a fermarsi.

Mi sollevò, sentii il suo seme che mi colava lungo i fianchi. Seth mi fece voltare e mi mise a cavalcioni sopra di lui. Sentii i suoi pantaloni ruvidi che mi strusciavano contro la pelle sensibile, il suo cazzo che si strofinava contro il mio stomaco. Non mi ricordavo di averlo visto mentre si sbottonava i pantaloni e tirava fuori il cazzo, ma eccolo lì. A parte il cazzo rossastro che puntava dritto contro di me, era completamente coperto.

"Tocca a me."

Mi sollevò, posizionò il cazzo sulla mia fica e poi mi fece abbassare, riempiendomi con un unico, lungo movimento. Non mi fece male, ma lo stesso sussultai sentendomi così allargata. Andò così a fondo che mi fece mancare il fiato.

Mi mise una mano sul fianco e mi fece distendere con la schiena sul pavimento. Lui era sopra di me, il suo cazzo a fondo dentro . Cominciò a muoversi, sempre guardandomi negli occhi. La sua armatura si strofinò contro i miei capezzoli e mi fece inarcare la schiena.

"Di più?" chiese.

"Di più."

Si spinse dentro.

"Più a fondo?"

"Più a fondo."

Spinse con forza.

Dorian si inginocchiò di fianco a noi, mi afferrò le ginocchia e le spalancò. Aiutava Seth a scoparmi. A prendermi più a fondo. Proprio quello di cui avevo bisogno.

L'orgoglio e il desiderio, il piacere straziante e la possessività turbinarono tra di noi fino a quando io non esistetti più. Fino a quando non esisteva un Dorian, un Seth. C'era solo un *noi*.

E anche quando Seth venne dentro di me, riempiendomi fino all'orlo, non avevano ancora finito.

No. Avevano ancora molto da provare perché anche se io ero un comandante, ero pur sempre la loro compagna. Sotto il loro totale controllo.

E per tutta la notte fecero come volevano, perché avevano ragione. Quando mi sottomettevo, godevo.

8

Seth

Mentre accompagnavo la mia compagna lungo il corridoio verso il suo primo giorno di lavoro sul ponte di comando del Comandante Karter, sentii un particolarissimo senso di orgoglio scorrermi nelle vene.

Chloe indossava i vestiti da ufficiale civile, e il pallido color crema le faceva risaltare la pelle e i capelli. Non si era truccata – non che molte donne a bordo della nave lo facessero – e non ne aveva nemmeno bisogno. Le sue ciglia nere le contornavano gli occhi verdi alla perfezione. Mentre camminavano, non riuscii a distogliere lo sguardo dalle sue curve, le stesse curve che la notte precedente avevo tanto toccato e baciato. Non riuscivo a smettere di pensare a quello che avevamo fatto, a come lei si fosse sottomessa a noi. E ora, non riuscivo a non guardare ai gradi da comandante che aveva sul petto e sul collo. La mia compagna era una cazzo di comandante. Comandava su quasi tutti i membri di questo battaglione eccetto per il Comandante Karter e pochi altri. Eppure, aveva passato la notte inginocchiata di fronte ai suoi compagni, rinunciando a tutto il controllo.

Con noi era nuda e docile. Calma e remissiva. Eppure, ora, fuori dai nostri alloggi, era lei che dava ordini a me, che poteva spedirmi nella mischia come qualunque altro comandante su questa nave. E, per qualche ragione, tutto questo non faceva altro che risvegliarmi il cazzo.

"Peccato che ti sei tolta il dildo che avevi nel culo," le sussurrai all'orecchio.

Chloe si fermò, alzò il mento per guardarmi. Oh, sì, quello sì che era uno sguardo da comandante. "Capitano, tu comandi in privato. Qui fuori, io e te abbiamo le stesse probabilità di ritrovarci con un dildo su per il culo."

Quelle sue parole grosse me lo fecero venire duro. L'avevamo riempita con i nostri cazzi fino a quando non era giunto il momento di andare a lavoro. Non mi sarebbe dispiaciuto se avesse potuto tenere un dildo nel culo, come una specie di promemoria che le ricordava che apparteneva a me e Dorian anche mentre lavorava. Ma aveva ragione. Non sarebbe successo.

Mi diede una pacca sul petto, si mise in punta di piedi e mi sussurrò: "Non preoccuparti. La fica mi fa un po' male. Saprò sempre a chi appartengo."

Mi schiarii la gola e feci un passo indietro quando passarono due Everian. Salutarono Chloe e proseguirono per la loro strada, completamente ignari dell'argomento della nostra conversazione.

"Ottimo," dissi. Non c'era nient'altro da dire lì in mezzo a quel dannato corridoio. Non potevo trascinarla nello sgabuzzino più vicino a scoparmela di nuovo. E quindi la presi per il gomito e proseguimmo lungo il corridoio.

Non sapevo con esattezza cosa avesse fatto per

l'intelligence, né volevo saperlo. Saperlo mi avrebbe fatto andare fuori di testa. Non sarebbe stato niente di buono. O di sicuro. Non si occupava di tenere a bada i bambini piccoli all'asilo. Non annaffiava le piante del nido. Niente del genere. No, qualunque cosa avesse fatto in passato era di certo pericolosissima, e pensare a quel passato su cui non avevo alcun controllo mi avrebbe fatto venire l'ulcera.

Stavamo per svoltare l'angolo, e sapevo che questo sarebbe stato l'ultimo momento di privacy che avremmo avuto per un bel po' di tempo. Non avevo dubbio che presto mi avrebbero richiamato per un'altra missione di ricognizione. Non avevo tempo da perdere, ma non potevo lasciarla senza assaporarla, senza lasciarle qualcosa di più degli effetti persistenti di una lunga notte di scopate. Gli Everian che passavano dovevano farsene una ragione. Lei era la mia compagna, e le avrei dato quello di cui entrambi avevamo bisogno prima di salutarci.

Mi bloccai e la spinsi con la schiena contro il muro, reclamando la bocca come mia. Con mio enorme sollievo, lei sollevò le braccia e me le strinse al collo, affondandomi le dita nei capelli. Sì, lei era tanto disperata quanto me. Si squagliò contro di me nel modo in cui avevo imparato a conoscere e ad aspettarmi da lei, un modo che, prima che lei entrasse nella mia vita, avevo solo potuto sognare. Il suo bacio era tanto famelico quanto il mio.

"Se ti chiamano quando io non ci sono, stai attento. Farai meglio a ritornare da me, Seth," mi mormorò contro le labbra.

"Sempre." Ci guardammo a lungo negli occhi. Non potevo farle promesse a vuoto, e sapevamo entrambi che la guerra non rispettava l'amore. E noi eravamo in guerra. Eppure, lo dissi lo stesso, perché lo pensavo veramente. Se mi avessero assegnato a un'altra missione, mi sarei occupato di quel cazzo di Sciame e avrei fatto di tutto per ritornare da lei.

Sollevai la mano e le passai il pollice sul labbro inferiore, e subito dopo le piantai un altro bacio sulla bocca. "Comportati bene."

Lei si mise a ridere, il diavolo danzava nei suoi occhi. "Lo sai che non posso promettertelo."

Le affondai la mano nei capelli, alla base del collo, la tirai a me così che fosse costretta a guardarmi. Attraverso i collari, riuscivo a sentire l'eccitazione scatenata dal lieve dolore della mia presa. Non dissi niente, non avevo bisogno di ricordarle chi fosse che comandava. E solo allora lei si sciolse nel mio abbraccio, si sottomise in un modo così meraviglioso che ogni istinto protettivo che possedevo emerse ruggendo. Me la avvicinai alle labbra per un'ultima volta e la baciai. "Ti amo, Chloe. Lo so che forse è troppo presto per dirlo, ma volevo che lo sapessi, nel caso in cui –"

Mi portò il dito alle labbra e mi zittì. "Non dirlo nemmeno. E anche io ti amo." Sapevo che stava dicendo la verità ancor prima che aprisse bocca. La sentii dal mio collare, dal cuore, da ogni cellula del mio corpo. Sentirglielo dire mi calmò, e sentii qualcosa nel petto, qualcosa di duro e risoluto, qualcosa di spietato, qualcosa di assolutamente determinato che mi avrebbe fatto ritornare da lei. Non era finita. Anzi. Lo Sciame non mi avrebbe mai portato via da lei.

Intrecciamo le nostre dita e ci incamminammo verso il ponte di comando. La porta si aprì. Il Comandante Karter era lì, a braccia conserte, il viso torvo. Era chiaro che vederla lo sollevò… e questo mi preoccupò non poco.

"Benvenuta sul ponte di comando, Comandante Phan." Il Comandante Karter sollevò le braccia e ordinò a tutti di fare silenzio. "Ufficiali, questa è la comandante Phan, ex membro dell'intelligence. Adesso è dei nostri e, sebbene tecnicamente non sia più un comandante dell'esercito, ha anni di esperienza sul campo di battaglia. Ubbidirete ai suoi ordini e le darete il rispetto dovuto." Si voltò di nuovo verso di noi e porse la mano per indicare una sedia di fronte a un pannello pieno di comandi. "Comandante, la tua stazione."

Chloe mi strizzò le dita con forza e io la strinsi tra le braccia ancora una volta. Non mi importava di chi ci stesse guardando. Le sussurrai nell'orecchio: "Ti amo, comandante. Sta' lontana dai guai."

"Ti amo anche io. Ora vattene così posso mettermi al lavoro, Capitano." Il suo sorriso mi fece sogghignare e annui con rispetto al Comandante Karter prima di indietreggiare.

Chloe era fatta di fuoco e impertinenza, e io amavo tutto di lei.

La porta si chiuse, una barriera tra me e lei. Mi incamminai verso i nostri alloggi. Avevo bisogno di farmi una doccia e di prepararmi per la giornata, essere pronto nel caso in cui venissi chiamato. Avrei preferito restare qui e aspettare Chloe, ma sarei stato come uno di quei genitori che lasciano i figli all'asilo per la prima volta. Mi teneva al guinzaglio. Completamente. Dovevo ammetterlo. Con ogni probabilità, eravamo gli unici due soldati di sesso maschile ad essersi innamorati di un comandante.

Sorrisi e accelerai il passo. Chloe non era l'unica con un compito da svolgere.

———

Dorian

SETH RIENTRÒ NELLA STANZA SVEGLIANDOMI. Sentii uno

stivale cadere sul pavimento, poi l'altro. Fece capolino nella camera da letto.

"Dov'è Chloe?" chiesi, finalmente abbastanza sveglio da accorgermi di essere solo nel letto.

"L'ho appena accompagnata al ponte di comando. Dormivi come un sasso," rispose.

"Ero esausto." Non riuscii a trattenere il sorriso che mi attraverso la faccia né il cazzo che mi si gonfiava. "Perché non dormi un altro po'?"

Seth sollevò un sopracciglio e scosse lentamente la testa. "Sono disposto a condividere un letto con te, ma solo quando c'è Chloe in mezzo a noi."

"Non riesco a credere che sia la nostra sposa e che sia dovuta andare a lavorare. La Comandante Phan. Non la Signora Mills."

Scesi dal letto, recuperai i miei vestiti e cominciai a indossarli. "Non possiamo arrabbiarci con lei per essere intelligente e di successo."

A dire il vero, ero piuttosto orgoglioso di lei. Ma quello non significava che mi piacesse l'idea di lei che andava in battaglia. Meno male che non poteva. Per una volta, ero contento dell'esistenza delle regole della Coalizione.

"Detesto di non poter conoscere il suo passato. È come sé ci fosse un cazzo di vuoto di quattro anni di cui non sapremo mai niente." Seth sganciò la fondina che aveva attorno alla vita e la posò sul tavolo.

Qualcuno era un bastardo intrattabile, la mattina. Considerando che la notte precedente avevamo scopato la nostra compagna a dovere, Seth avrebbe dovuto essere ben più contento di quanto non fosse. Non sembrava che fosse reduce da una scopata fenomenale. Si stava comportando come un bambino dopo che gli hanno tolto il suo giocattolo preferito.

"Cazzo, ho un durello che non se ne vuole proprio andare. L'ho baciata nel corridoio e, merda, sono più che pronto a possederla di nuovo." Sospirò. "Non posso presentarmi a rapporto così. Il mio superiore si incazzerebbe come una biscia. Non la finirebbe più di rimproverarmi."

Lo capivo. Questa mattina il mio cazzo era più che sveglio, pronto a un altro round con la nostra compagna. Ci eravamo dati da fare, e lei se l'era goduta fino in fondo. L'avevamo dominata per tutta la notte. "Scommetto che adesso è lì che si contorce sulla sua sedia."

"Le ho tolto il dildo prima di uscire."

Pensare a lei con un dildo su per il culo, che la allarga e la prepara per la nostra rivendicazione, mi fece colare un po' di pre-eiaculazione dalla punta del cazzo. "Eppure, sarei molto sorpreso di vederla camminare dritta."

Seth sogghignò. "Ha detto che è tutta dolorante."

Gemetti. Non era la sola. Già sapevo che mi avrebbero fatto male le palle per tutto il giorno, fino a quando non sarei stato di nuovo dentro di lei.

"Prima di uscire devo farmi una doccia e prendermi cura del mio cazzo." Si sfilò la maglietta e la lasciò cadere sul pavimento. Uscì dalla stanza e sentii il fiotto di acqua della doccia. Era un fascio di nervi. Non potevo biasimarlo. Avevamo una compagna, una compagna che non era qui nel nostro letto, mite e domata. No, Seth era stato abbinato a un remissivo ed esuberante comandante di quella cazzo di Coalizione.

Era perfetta per lui, per noi. Il fatto che avesse una volontà di ferro, che fosse indipendente e sfacciata non faceva altro che spingerci a desiderarla ancora di più, a rendere la sua arrendevolezza ancora più dolce.

E quindi, anche se la tenevamo sott'occhio, lasciavamo che facesse il suo lavoro. Una volta ritornata, l'avremmo spogliata sulla soglia, avremmo gettato fuori dalla stanza il suo ruolo da comandante e le avremmo sgombrato la mente da ogni pensiero.

"Sbrigati," gridai. "Voglio vedere la nostra compagna. Non me ne frega un cazzo di quello che pensa Karter."

Seth fece capolino dal bagno. "Scordatelo. Fidati. Siamo tutti e due al guinzaglio. Io me ne sono fatto una ragione, e così dovresti fare anche tu. Non possiamo imbucarci nel ponte di comando come se Chloe ci tenesse legati per le palle."

Merda, aveva ragione.

"Va bene," risposi, per niente felice. Presi il mio cuscino, lo spiumacciai e mi girai per distendermi sullo stomaco. Merda, il mio cazzo non mi avrebbe permesso di starmene disteso così. Mi girai su un fianco. "Io torno a dormire. Tanto sono sicuro che presto ci chiameranno per andare in missione."

9

Chloe

RIMASI SEDUTA al mio posto per molte ore alla ricerca di alte frequenze, di anomalie. I quattro anni di addestramento mi stavano ritornando lentamente, un poco alla volta. Riuscivo ancora a lavorare, la NP sperimentale che avevo nel cranio era una garanzia. Ma senza gli auricolari adattivi, mi trovavo in svantaggio. Sulla Karter non ne avevano, e nessuno ne aveva parlato, e quindi pensai che non sapessero nemmeno cosa fossero. Non potevo condividere qualcosa di top secret.

Non importava. Dovevo lavorare.

Ero eccitata di tornare a lavoro, di sentirmi parte di un team. Non ero mai stata brava a starmene seduta con le mani in mano, e mi ero sentita più che sollevata nello scoprire che avrei avuto un ruolo importante su questa corazzata. Che avrei aiutato a combattere lo Sciame.

Allo stesso tempo, potevo soddisfare i miei compagni. Non solo in senso sessuale, il che comunque era già di per sé fenomenale, ma anche emotivamente. Sapevo quanto detestassero l'idea di me che andavo in missione. Riuscivo a sentirlo attraverso i collari, e avevo visto come si erano comportati con il Comandante Karter il giorno prima. Glielo avevo sentito dire. Ero scesa a compromessi, ero andata incontro al bisogno che avevano di tenermi al sicuro. E, in cambio, loro mi avrebbero dato ciò di cui avevo bisogno io. Un posto sicuro in cui poter cedere tutto il controllo, dove essere protetta e amata. Potevo essere semplicemente me stessa. Chloe Phan, o la Signora Mills. Non la Comandante. Loro avevano scelto me come compagna, non un ufficiale di alto grado.

Il ronzio costante dell'attività sul ponte di comando era confortante. Mi era mancato. Mi era mancata la routine consistente di una macchina ben oliata, degli ufficiali che si conoscevano così bene tra di loro da riuscire ad anticipare le mosse gl'uni degli altri, persino nell'occhio del ciclone.

Il Comandante Karter se ne stava in piedi al centro della stanza come una statua di marmo. Sembrava che niente potesse turbarlo. Ma riconobbi lo scettro del comando che stringeva tra le mani mentre lasciava che il suo team facesse il proprio dovere. Era quello che l'equipaggio aveva bisogno che fosse e così sarei stata anche io.

Rivolsi la mia attenzioni al pannello per le comunicazioni. Le cuffie che mi avevano dato erano un pezzo di anticaglia. Per la terza volta me le tolsi, frustrata. Alzai gli occhi e vidi il Comandante Karter in piedi di fronte a me, tra le mani una scatoletta che conoscevo fin troppo bene. Sussultai. Non erano così top secret, dopotutto. "Come l'ha ottenuto?"

"Non capisco a cosa tu ti riferisca, Comandante Phan," rispose con la sua voce profonda.

"Non è quello che penso che sia?"

Il Comandante Karter poggiò la piccola scatola di fronte a me, con cautela, con delicatezza, come se sapesse esattamente quanto preziosa fosse la tecnologia che conteneva. "Io non vedo niente, Comandante. E sono abbastanza sicuro che se il dottor Helion fosse qui non vedrebbe niente nemmeno lui." Sollevò un sopracciglio e sogghignò, muovendo un occhio in modo strambo, facendomi quello che molto probabilmente era l'occhiolino in versione Prillon.

Io sorrisi di rimando e aprii la scatola. Mi tremavano le mani. Dentro c'erano le mie vecchie cuffie, una tecnologia avanzatissima. Persino per gli standard della Coalizione. Così rara che nessuno al di fuori della mia divisione all'interno dell'intelligence l'aveva mai vista, almeno per quanto ne sapevo io. Ma il Comandante Karter sembrava come aver riscritto tutte queste regole, e solo per me. Si schiarì la gola. "Sono sicuro che questo ti faciliterà le cose."

Annuii e mi infilai quelle strane cuffie sulla testa e aspettai di sentire il click metallico e il solito ronzio nella mia testa mentre le cuffie si connettevano alla NP impiantata nella mia testa, proprio al di sotto della pelle. Mi sentivo come un computer ambulante.

Il dispositivo amplificava le frequenze sub-umane e rallentava i codici di criptaggio e le comunicazioni dello Sciame dandomi così tempo per ascoltarle. Era come se avessi accesso la radio per sentire una canzone che mi piaceva. "Sì, signore."

Lui annuì, evidentemente compiaciuto di sé stesso. Tuttavia, non c'era da meravigliarsi. La mia divisione dell'intelligence aveva solo una dozzina di decrittatori come me. Ed era una guerra enorme, che coinvolgeva centinaia di mondi e sistemi solari. "Solo tu puoi toccarlo, Chloe. Quando tu non sei di turno, lo custodirò io personalmente. Alla fine di ogni turno, dovrai consegnarlo a me o all'ufficiale di turno, così che uno di noi due possa metterlo sottochiave."

"Sì, signore."

"Quel dispositivo non esiste, e non deve mai uscire fuori da questa stanza. Ovviamente i tuoi compagni non possono saperne niente."

Le sue parole mi indispettirono. Davvero pensava che avrei lasciato trapelare dei segreti sul mio lavoro? Ma mi ricordai anche che per lui era la prima volta che uno dei suoi comandanti era la compagna di due soldati. Ero una singolarità, e con Seth e Dorian condividevo una connessione profonda. Forse anche troppo, specie per colpa dei collari. Il Comandante era stato saggio a ricordarmelo, ma non ce n'era affatto bisogno.

"Capisco, signore." Ed era così. Questa tecnologia era pericolosa. Anzi, mi sorprendeva persino che avessero permesso a lui di metterci le mani sopra.

Eppure, non tutti i battaglioni disponevano di un ex membro dell'intelligence che sapeva come usare affari di questo tipo. Come me. E non tutti i settori della Coalizione erano ingaggiati tutti i giorni contro lo Sciame, come il battaglione Karter. Il Settore 437 era famoso per essere un inferno, l'unico luogo che riusciva a spaventare la maggior parte dei guerrieri sani di mente. Gli unici guerrieri che erano felici di essere qui erano quelli a caccia di gloria o quelli che si facevano di adrenalina.

Ironia della sorte, io ero l'esatto opposto. Non ero mai stata così felice in vita mia, ma questo non aveva niente a che fare con la guerra. Era merito dei miei compagni.

Mi sedetti e ricominciai daccapo. Questa volta riuscivo a decifrare dieci volte tanto quello che sentivo. Il complesso software che la Coalizione utilizzava per le operazioni standard poteva decodificare la maggior parte delle trasmissioni dello Sciame trasmesse su frequenze standard, da nave a nave, o attraverso lo spazio. Ma le connessioni interne tra le menti dello Sciame erano più intuitive e meno somiglianti a macchine di quanto non si potesse pensare. Avevano ritmo. Qualcosa che io capivo in modo istintivo, qualcosa che i loro sistemi non erano ancora stati in grado di decodificare perché troppo organico. Troppo illogico. Troppo umano.

Mi sistemai sulla sedia e continuai a lavorare per diverse ore. Mi rilassava sapere che i miei compagni erano altrettanto occupati. Era strano ritrovarmi di nuovo nello spazio, ma con dei compagni. Mi sorprendeva quanto spesso pensassi a loro. Dorian stava dormendo. Dopo avermi scopata fino a sfiancarsi, avevo sentito che erano stati convocati per una missione. Non sapevo per quanto tempo fossero stati via, ma dopo che era ritornato a letto, mi aveva baciata e abbracciata, e ci aveva messo un secondo ad addormentarsi.

E ora, mentre io lavoravo, Seth era diretto in missione con la sua squadra. Monitoravo la sua attività e riuscivo a sentire i rapporti dalla stazione di comunicazione dall'altra parte della stanza. Se gli fosse successo qualcosa, l'avrei saputo all'istante. Mi accorsi che avrei passato un sacco di tempo in questa stanza, ascoltando le comunicazioni mentre uno dei miei compagni era fuori in missione.

Come avevo fatto a innamorarmi di entrambi nel giro di un paio di giorni? Non riuscivo a spiegarmelo, ma dovevo farlo.

Bramavo il loro tocco. Bramavo l'intensità di Seth e l'abbraccio protettivo di Dorian e non perché lo sentissi – li sentissi – attraverso i collari. Non potevo fare più a meno della loro forza, del loro atteggiamento da dominanti maschi alfa, al modo in cui mi toccavano quando eravamo da soli.

Del modo in cui mi facevano sentire. Non avevo mai conosciuto niente del genere. E di certo non l'avrei conosciuto di nuovo.

Loro erano miei, così come io ero loro.

Uno strano ronzio mi strappò dai miei pensieri e mi concentrai esclusivamente sul mio compito, analizzando le frequenze e provando a decifrare tutte le comunicazioni che riuscivo a trovare.

Ma questa non era una cosa trovata per caso. Era come una cannonata dritta nella testa. Gridai, sopraffatta dal dolore, mi piegai in due, tutto quanto cominciò a girare e a tagliarmi, come se nella mente avessi un tornado di lame affilate che mi affettavano il cranio.

Tutti si girarono a guardarmi, sorpresi, ma io non riuscii a sollevare la testa. Invece di diminuire, il dolore continuava a crescere, come un pugnale conficcato nel timpano che mi arrivava fino nel cervello.

"Comandante Phan?"

Provai a sollevare la testa, a mettermi dritta. Con la mano coprii l'estensione della NP che avevo sulla testa prima che il Comandante Karter potesse rimuoverla. "No. Non mi tocchi."

Il comandante era in piedi di fronte a me, le mani sui fianchi, per niente divertito. "Parlami."

Ci provai, ma il problema era che non avevo la più pallida idea di cosa mi stesse succedendo. Era come se mi fossi imbattuta nel centro nevralgico delle comunicazioni dello Sciame. Era così rumoroso, così pieno di traffico, che era come stare in mezzo a un concerto rock. Tranne che non potevo tapparmi le orecchie. Ed ero in piedi a mezzo metro dagli altoparlanti. "È troppo rumoroso."

"Comandante Karter, la vogliono dall'unità medica."

Il Comandante Karter si voltò e annuì. "Passatemeli sullo schermo."

Un guerriero Prillon che non riconobbi riempì il display. La sua uniforme verde era l'unica indicazione del suo grado. Dietro di lui c'era una donna umana, una dottoressa con indosso un uniforme marrone scuro e un paio di bracciali Atlan. Stava provando a calmare un Atlan che non avevo mai visto in vita mia.

Il dottore sullo schermo si asciugò la fronte. Aveva il respiro affannoso, come se avesse appena finito di correre una maratona e fosse rimasto senza fiato. "Lo Sciame sta facendo qualcosa, Comandante. Il Signore della Guerra Anghar era all'interno di una capsula ReGen quando ha cominciato a gridare e a stringersi la testa tra le mani. Era svenuto."

Feci leva sui gomiti e mi sollevai per guardare meglio l'Atlan. Provavo un dolore lancinante, come un coltello nel cranio, ma non mi sorprendeva più. Potevo resistere.

Il Comandante Karter studiò il dottore e l'Atlan e io mi chiesi se forse temesse che l'Atlan potesse trasformarsi in una bestia. "Qual è la quantità di tecnologia dello Sciame ancora presente nel soldato?"

"Ho tolto tutto quello che ho potuto," disse il dottore, stancamente. "Dovrà convivere con quello che rimane…"

"È ancora sé stesso? Sto guardando Anghar, o sto guardando uno schiavo dello Sciame?"

Il dottore scosse la testa e si passò la mano tra i suoi capelli color ebano. "Non lo so, signore. È rimasto svenuto all'interno della capsula ReGen per due giorni. Si è svegliato di botto. Ci ha fatto prendere uno spavento del diavolo. Nessuno gli ha ancora parlato."

"Riesce a sentirmi?"

Il dottore annuì. "Un momento, signore." Si allontanò dallo schermo. "Anghar, il comandante vorrebbe parlarti."

L'Altan si rivolse verso lo schermo. Sembrava che tutti quelli sul ponte di comando stessero trattenendo il respiro, in attesa di vedere con cosa avessimo a che fare. Un uomo sano? O una bestia che poteva distruggere la nave a mani nude? Teneva le braccia lungo i fianchi, i pugni chiusi. "Sono in ascolto, Karter." La sua voce era un ruglio profondo, ma sembrava essere in sé.

Il Comandante Karter si sporse in avanti, come se potesse avvicinarsi all'Atlan. "Eccellente. Fatti trovare sul ponte di comando tra cinque minuti." Poi si voltò verso di me. "Vieni con me. Ora."

Si diresse verso la sala riunioni degli ufficiali. Io mi alzai per seguirlo ma, in preda allo stordimento, dovetti fermarmi per un momento. I palmi poggiati sul pannello di controllo, feci un respiro profondo e scacciai via la mano del Prillon che si era alzato per aiutarmi.

"Sto bene. Grazie…" Feci altri tre respiri profondi e cercai di ignorare il dolore. Entrai nella sala riunioni e mi sedetti di fianco al comandante. Aspettammo in silenzio attorno all'ampio tavolo ovale fino a quando il dottore e la bestia nota come Angh entrarono nella stanza. L'Atlan era così grosso che fece fatica a passare attraverso la porta.

Il comandante fece cenno all'Atlan di sedersi dall'altra parte del tavolo. Prima che me ne accorgessi, la stanza era piena di altri guerrieri che non conoscevo, ma le cui mostrine rendevano chiaro che si trattava degli ufficiali di comando a capo delle varie sezioni del battaglione.

La conversazione mi fluiva attorno mentre il dottore aggiornava i guerrieri sulle condizioni dell'Atlan. Per essere un Atlan, era sorprendentemente tranquillo. Era la riprova di quello che aveva dovuto passare, o del fortissimo dolore che stava provando. Il dottore menzionò l'ampio numero di impianti dello Sciame che avevano rimosso, e disse che tuttavia ne rimaneva ancora qualcuno e che non potevano essere tolti senza mettere a repentaglio la vita del soldato Atlan. L'avrebbero trasportato sulla Colonia non appena Prillon Prime avesse approvato i codici di trasporto e fossero state sbrigate tutte le formalità. L'Atlan, ovviamente, non ne era felice, i pugni chiusi poggiati sul tavolo. Ma come tutti gli altri guerrieri che venivano esiliati sulla Colonia, non c'era proprio un bel niente che potesse fare al riguardo, e lo sapeva bene.

Anche io avevo una variazione della tecnologia dello Sciame impiantata nel corpo, ma era controllata dalla Coalizione ed era stata modificata dall'intelligence e, al momento, mi stava facendo letteralmente impazzire. Per fortuna, nonostante il continuo ronzio, il dolore era scemato e si era trasformato in un blando mal di testa.

Mentre ero distratta il comandante doveva aver detto qualcosa al dottore, perché questi mi si avvicinò e mi iniettò qualcosa nel collo. E nel giro di pochi minuti il dolore era svanito. Cacciai un sospiro di sollievo. "Grazie, Dottore."

Il dottore annuì e si sedette di fianco a me. I cerchi neri che aveva sotto agli occhi e le linee attorno alla bocca indicavano che dopo aver tenuto a bada per quarantotto ore una bestia Atlan era stanco morto.

Il Comandante Karter guardò l'Atlan che sedeva di fronte a lui.

"Grazie per essere venuto. Dal momento che stai abbastanza bene per poter uscire dalla capsula ReGen, che ne sai di quanto sta accadendo?"

Io non lo sapevo cosa stesse accadendo ed ero ansiosa di scoprirlo. Ero un po' confusa, come se mi fossi persa qualcosa di importante. Ma era pur sempre il mio primo giorno di lavoro, e quindi dovevo darmi una mossa per mettermi a pari.

L'Atlan sbatté lentamente le palpebre, guardò tutti i presenti nella stanza, come se li vedesse per la prima volta. I suoi occhi non erano completamente argentati come quelli dei guerrieri integrati che avevo visto io, ma scintillavano dall'interno. Quel pover'uomo ci stava guardando attraverso occhi che non erano più i suoi.

E io che pensavo che lo strano ronzio che avevo nella testa fosse fastidioso.

Poi disse con voce profonda: "È una trappola, signore."

10

Chloe

L'ATLAN si schiarì la gola con un forte schiocco che rimbombò per tutta la stanza. "Stanno usando questo Settore per dispiegare una nuova arma, un'arma sperimentale..." Aveva le mani poggiate a faccia in giù sul tavolo, le dita spalancate, ma tutto il suo corpo era attraversato da una tensione così densa che riuscivo a percepirla pur stando dall'altra parte della stanza. "Dovete portare tutto il battaglione via di qui."

"Sai che non posso farlo," rispose il Comandante Karter. "Sono secoli che resistiamo qui in questo settore. E non ho nessuna intenzione di perderlo oggi." Quando Angh non disse nient'altro, il comandante sospirò e chiese: "Che genere di trappola?"

Il gigante Atlan scosse il capo, frustrato. "Non lo so, signore. Non mi ricordo niente. So solo che qui c'è una trappola. So che si sta avvicinando. Ma so solo questo."

"Beh, Anghar, penso che sia comunque meglio di niente."
Il Comandante Karter si girò verso di me. "Dammi qualche buona notizia, Chloe. Dimmi che sei riuscita a scoprire cos'hanno in mente quei bastardi. Dammi qualcosa con cui lavorare."

Tutti si voltarono a guardarmi, incuriositi. Ero quella nuova, e il comandante stava scaricando tutto sulle mie spalle, alla ricerca di risposte. Sollevai il mento. "Nel traffico normale non ho trovato niente di ovvio. Ho bisogno di un paio d'ore per analizzare i loro segnali e vedere quello che riesco a trovare."

"E quell'attacco? Il mal di testa."

"Non ne sono sicura," risposi. E non lo ero. Non avevo idea di cosa fosse successo. Solo che avevo intercettato... qualcosa.

Angh strinse i pugni. "Non ce le abbiamo due ore. Riesco a sentire che si stanno avvicinando."

Anche io. Non avevo idea di come ci riuscissi.

Guardai l'Atlan negli occhi e ci capimmo. In qualche modo, sapeva che anche io riuscivo a sentirlo. C'era una strana connessione tra di noi, come se le frequenze utilizzate dallo Sciame per trasmettere ci stessero legando l'uno all'altra. Due punti fissi alle estremità della corda di una chitarra.

Mi girai verso il Comandante Karter. "Ha ragione. Non ce le abbiamo due ore. Anche io riesco a sentirli."

"Con tutto il rispetto, ma di cosa diavolo sta parlando?" Non riconobbi l'Atlan che parlò, ma era enorme e pieno di cicatrici e sull'uniforme aveva i gradi da comandante.

Gli Atlan eleggevano i loro leader. Quindi il guerriero che avevo davanti era stato scelto ed eletto dai suoi pari. Rispettato. Pieno di esperienza. Vide che lo stavo guardando, i suoi occhi balzarono brevemente sul collare Prillon che indossavo, e poi subito fece un inchino.

"Mia Signora, il mio nome è Wulf."

"Comandante Chloe Phan, della Terra."

Anche da seduto, quel gigante svettava ampiamente su di me. Era alto più di due metri.

"E qual è la sua specialità, Comandante Phan? Come è riuscita a guadagnarsi il grado di comandante nella flotta della coalizione?"

Il Comandante Karter si alzò e si sporse oltre il tavolo, le braccia strette, i gomiti bloccati, i muscoli gonfi e tesi. Appoggiò le nocche sul tavolo. "La Comandante Phan ha servito l'intelligence per quattro anni. Posso dirti soltanto questo. Ma abbiamo bisogno del suo aiuto. Qualunque cosa lei dica, si fa."

Uno degli ufficiali si mosse verso l'altra estremità del tavolo. Non riuscii a vederlo in viso, ma sentii la sua voce: "Non dovremmo informare l'intelligence a proposito di questa nuova minaccia?"

"Che gli dèi siano dannati, sì." Il Comandante Karter si alzò e contorse la testa girandola sul collo. L'orribile suono delle ossa che scoppiettavano si sentì per tutta la stanza. "Inviate una trasmissione immediata all'intelligence. Che ci mandino una squadra. Subito."

Mi guardò. "Comandante Phan. Vai al pannello delle comunicazioni e vedi cosa riesci a trovare."

Su cosa? Non lo sapevo. Mi limitai a dire: "Sì, signore," e dunque mi alzai, feci un inchino davanti ai guerrieri presenti nella stanza, specialmente al comandante Anghar, e poi ritornai alla mia stazione.

Mi sedetti e mi rimisi le cuffie intorno alla testa. Formando come metà di un caschetto da football vecchia scuola. Erano grosse e brutte. Pesanti. Ma davanti agli occhi avevo due piccoli display che mi mostravano i pattern delle comunicazioni. E, cosa ancora più importante, tutto il frastuono del ponte di comando veniva azzerato. Lavoravo come in una bolla, nel mio silenzio.

Ma non c'era niente di silenzioso. Anzi, il contrario. I miei sensi venivano costantemente bombardati dal rumore spaziale che irrompeva attraverso le cuffie, come un oceano che si infrange contro gli scogli.

E io dovevo restare in ascolto alla ricerca di un mormorio vivo. Qualcosa che fosse più macchina che uomo.

Cominciò come un debole tintinnio. Silenzioso come i baffi di un gattino premuti contro la finestra. C'era a malapena, ma lo avevo sentito, e lo puntai come un segugio. Come un enorme squalo bianco che ha appena sentito l'odore di un'unica goccia di sangue nell'oceano.

Il mio compagno era là fuori. Seth era là fuori con la sua squadra. Dorian sarebbe presto partito per un'altra missione. Se lo Sciame ci stava tendendo una trappola, io l'avrei scovata. Quelle macchine spietate non avrebbero portato via i miei compagni. Non avrebbero distrutto questo battaglione. Non se potevo impedirlo.

La solita vecchia furia cominciò a pomparmi nelle vene, esplodendo in una concentrazione acutissima come non succedeva da anni. Questa era la lotta. Questa era la guerra che conoscevo. Il tipo di battaglia che sapevo vincere.

Mi diressi verso il segnale, eliminai ogni altro rumore, amplificai il suono fino a quanto quel segnale quasi silenzioso non cominciò a fluttuarmi nella mente come un tamburo incessante. Ancora e ancora. Estrassi il pattern del suono sul mio display e fui enormemente sorpresa nello scoprire che creava una struttura a nido d'ape. Il suono rimbalzava da un punto di snodo all'altro in una serie di esagoni interconnessi.

Sembrava come una rete da pesca, e l'intero battaglione vi stava cadendo dentro.

Balzai in piedi e gridai: "Comandante Karter! Fermi la nave! Tutte le navi! Fermatele!"

Il Comandante Karter mi venne vicino. "Cos'hai trovato?"

"È una trappola, proprio come ha detto l'Atlan. Non so cosa ci sia là fuori. Ma è una specie di rete, e noi stiamo per andare a sbatterci contro."

Il comandante diede un'occhiata al mio schermo e non chiese altro. Alzò la voce e diede il comando di bloccare immediatamente tutti le navi del battaglione. Non sapevo quanto fossimo vicini alla trappola, qualunque cosa fosse, ma eravamo vicini eccome. Dio solo sa cosa sarebbe potuto succedere se ci fossimo finiti dentro. O se avessimo trovato lo Sciame ad aspettarci dall'altra parte.

La nave mi tremò sotto i piedi e si fermò con uno strattone talmente forte che tutti quelli ancora a letto era di sicuro rotolati cadendo sul pavimento con un tonfo sordo. Ma quello era l'ultimo dei nostri problemi. Un altro ufficiale sollevò la testa. "Comandante, in entrata, Stanza di Trasporto 2. È l'intelligence. Trasporto permesso?"

"Sì. Vado subito." Si girò e mi indicò. "Vieni con me."

Annuii, tremante. Temevo di sapere esattamente chi fosse appena arrivato sulla nave, e non avevo il minimo desiderio di rivederlo. Infatti, probabilmente era una buona idea restare dietro al comandante, così che non avrei ucciso Bruvan non appena lo avrei rivisto.

Eravamo quasi usciti dalla porta quando uno degli ufficiali diede l'allarme. "Comandante, Nave Mercantile 572 non risponde all'ordine di fermarsi. Non abbiamo ottenuto nessuna risposta."

Il comandante si girò di scatto e si avvicinò alla stazione per vedere la proiezione 3D della formazione del battaglione che galleggiava sopra il display piatto. Tutte le navi si erano bloccate al suo comando, fluttuando nell'aria come dei piccoli modelli olografici. Tutte tranne una.

Il comandante si girò verso l'ufficiale. "Quanti soldati abbiamo su quella nave?"

"Due, signore. Due guerrieri Prillon. Due piloti principianti arrivati da Prillon Prime solo qualche settimana fa. Probabilmente stanno dormendo."

"Quanto sono lontani?"

"Duemila miglia."

"Continuate a provare a mettervi in contatto con loro." Si girò verso un altro ufficiale. Questo assomigliava talmente tanto a un umano che era ovvio che venisse da Trion. "Se non riuscite a contattarli nel giro di due minuti, prendete il controllo della nave da remoto e fategli fare inversione di marcia."

"Sì, signore."

Io mi ero appena voltata di nuovo verso la porta quando si sentì un altro allarme. Il comandante si voltò di nuovo. "Rapporto."

L'ufficiale che aveva provato a mettersi in contatto con il mercantile cominciò a premere dei bottoni in modo frenetico e a muovere le mani in aria cercando di far riapparire l'immagine olografica della nave. La piccola sagoma che prima era rossa, il piccolo puntino lampeggiante nell'aria che rappresentava la nave mercantile, era sparito. "Abbiamo appena perso la nave, signore."

"Che cosa vuol dire abbiamo appena perso la nave?" Il Comandante Karter si avvicinò all'immagine olografica, il passo silenzioso, un silenzio riprova dello stretto controllo che esercitava.

L'ufficiale non alzò gli occhi dalla stazione. Continuò a

lavorare e parlò al comandante: "La nave è sparita, signore. Svanita nel nulla."

Il comandante si pietrificò. "Voglio vedere. Subito."

Il più silenziosamente possibile, mi avvicinai e andai a posizionarmi dietro di lui. Non ero sicura di cosa avrei visto sullo schermo, ma sapevo che sarebbe stato orribile. L'intero ponte di comando rimase in silenzio mentre guardavamo la nave solitaria che veleggiava attraverso quello che sembrava l'oscura vastità dello spazio profondo prima di esplodere emettendo un violento lampo di luce.

"Di nuovo," ordinò il comandante. Il video venne ripetuto tre volte, con tutti noi che guardavamo e cercavamo di analizzare quanto successo. Non avevano sparato nessun colpo. L'esplosione cominciava da fuori, dallo scafo della nave, non dall'interno. Eppure, non ce n'erano di navi nemiche nelle vicinanze, niente Sciame, niente missili o colpi di cannone. Niente.

Un minuto la nave stava alla grande. Il minuto dopo era esplosa.

L'ufficiale di trasporto si schiarì la gola. "Signore, il team dell'intelligence è appena arrivato."

"Quanti sono?"

"Otto, signore."

Il comandante continuava a guardare lo schermo, a guardare quello che rimaneva della nave e dei due piloti che andavano alla deriva, centinaia di schegge e frammenti infiammati. "Richiamate le squadre ReCon. Fate ritornare le squadre d'assalto. Abbandonare Latiri 7. Abbiamo bisogno di tutte le truppe disponibili per difendere il battaglione. E assicuratevi che abbiano le giuste coordinate per evitare quella rete."

"Ci vorranno ore, signore," disse un gigante Prillon. "Se rinunciamo al terreno che abbiamo conquistato su Latiri 7, lo Sciame raddoppiare le forze impiegate su Latiri 4. Ci vorranno mesi per riconquistarlo."

Il Comandante Karter posò le mani sulle spalle del Prillon. "Lo so. Ma so anche che noi non ci troviamo qui in questo settore per vincere la guerra. Siamo qui per salvaguardare lo status quo, per impedire allo Sciame di avanzare nello spazio della Coalizione. È qui che tracciamo il confine, Bard. Se non riusciamo a trattenerli, se l'intero battaglione viene attaccato da un'arma che non riusciamo nemmeno a vedere, allora finiremo col perdere l'intero settore."

Il Prillon non era per niente contento, ma non si sarebbe messo a discutere. Sapeva che il comandante aveva ragione. Avevano visto tutti come lo Sciame aveva distrutto quella nave. Rischiavamo grosso. Mezza dozzina di pianeti della Coalizione sarebbero stati a portata di tiro, se il Battaglione Karter fosse caduto. "Fate tornare tutti. Difendiamo Latiri 4. Possiamo pure concedergli di occupare Latiri 7 per qualche giorno, almeno fino a quando non ci capiamo qualcosa. Voglio tutte le navi attorno al battaglione, in posizione di difesa. Voglio ogni shuttle e ogni shuttle civile in formazione di combattimento."

"Si aspetta un attacco, signore?" chiese il Prillon.

"Anghar ha detto che lo Sciame vuole tenderci una trappola. Temo che l'abbiamo appena fatta scattare."

"Sì, signore."

Il comandante uscì dalla stanza e Bard cominciò a ordinare a tutte le squadre ReCon, alle squadre d'assalto, ai mercantili e ai piloti di fare ritorno. Con un codice di emergenza di cui avevo sempre sentito parlare ma che non avevo mai visto di persona.

Il comandante si incamminò lungo il corridoio senza curarsi di guardarmi. Non fino a quando ormai mancava poco per raggiungere la squadra dell'intelligence. Lì allora si fermò, d'improvviso, e io gli andai quasi a sbatterie addosso.

Si girò per guardarmi, e il comandante tutto d'un pezzo era svanito. E al suo posto c'era un guerriero Prillon furioso che aveva appena perso due piloti e non ne era per niente contento. "Con cosa abbiamo a che fare, Chloe? Chi ci sta aspettando in questa stanza?"

Scossi il capo. "Non lo so di preciso. Probabilmente una squadra di comunicazione dell'intelligence, o un'unità di spionaggio. Se è così, avranno qualcuno come me."

"Qualcuno come te." Spostò lo sguardo verso lo strano aggeggio argentato che indossavo ancora sull'orecchio. Lo strano pezzo metallico attaccato al mio cranio che creava un circuito, una connessione verso l'NP al di sotto del mio orecchio. "Qualcuno con indosso uno di questi affari. Qualcuno che riesce a sentirli?"

Annuii e lui mi mise una mano sulla spalla così come aveva fatto con Bard. Me la strizzò con gentilezza, così che sapessi che c'era lui a guardarmi le spalle. "Bene. Abbiamo bisogno di tutto l'aiuto possibile. Non ho intenzione di perdere un'altra nave." Allora si girò ed entrò nella stanza per il trasporto.

Io ero un passo dietro di lui e feci fatica a trattenere un mugugno quanto vidi cosa ci aspettasse. Lì, in piedi sulla piattaforma di trasporto, col petto in fuori come uno stronzo borioso, c'era il mio vecchio compagno di squadra, il Comandante Bruvan. E, esattamente come pensavo, dietro di lui c'era una squadra di infiltratori, un'unità formata da agenti speciali reclutati dall'intelligence al fine di entrare e uscire dalle linee nemiche senza che lo Sciame se ne accorgesse. Erano come i Navy SEAL sulla Terra, ma con a disposizione una tecnologia ben più avanzata.

Questi infiltratori erano la *creme de la creme* all'interno dell'intelligence. Un'unità attiva di solito comprendeva un decifratore, come me, un agente addetto alle comunicazioni con uno speciale NP programmato con i protocolli di comunicazione utilizzati dallo Sciame. Noi eravamo gli occhi e le orecchie della Coalizione, l'arma più specializzata a loro disposizione. Gli unici che fossero in grado di sentirli.

Non tutti quelli equipaggiati con l'NP sperimentale riuscivano a decifrare il loro strano linguaggio. La maggior parte delle volte si trattava di istinto, non di dati – e per questo era facile sbagliarsi. E quando ci sbagliavamo, la gente moriva.

Il resto della squadra era composto da esperti d'armi altamente addestrati e da due esperti demolitori che sapevano esattamente dove colpire un'area controllata dallo Sciame, l'interno di una nave o di una stazione controllata dallo Sciame, in modo da distruggere tutto quanto e nel modo più efficiente possibile.

E il loro comandante?

I nostri occhi si incrociarono e io sentii la solita furia che mi montava dentro. Era il Comandante Bruvan, e sembrava tanto felice di rivedere me quanto io ero felice di rivedere lui. Ignorai il massiccio guerriero Prillon e mi concentrai sul resto della sua squadra.

Per fortuna lui fece lo stesso e avanzò quando il Comandante Karter lo accolse. "Benvenuti sulla Corazzata Karter. Io sono il Comandante Karter."

Il Comandante Bruvan gli porse la mano e si salutarono. "Io sono il comandante Bruvan, e questa è la mia squadra."

Il Comandante Karter ispezionò velocemente ma accuratamente il resto della squadra, e sapevo che non si lasciò sfuggire niente, né i fucili da cecchino specializzati, né gli impianti dello Sciame sulle loro armature o i grossi sacchi pieni di esplosivi. Il Comandante Bruvan alzò lo sguardo.

"Quanto è passato da quando avete rilevato le trasmissioni dello Sciame? Devo parlare con l'ufficiale che le ha rilevate. Il Signore della Guerra Anghar?"

Il Comandante Karter annuì, ma non si mosse. Si limitò a girarsi appena e a indicarmi. "A dire il vero, è stata la Comandante Phan a rilevare il segnale. Anghar ci ha avvertito della trappola. Ma è stata lei a trovarla."

Il Comandante Bruvan mi guardò. Io guardai lui. Mi sentivo come se ci trovassimo nel Far West, pronti a sfidaci a duello.

"Bruvan."

"Phan." Si avvicinò e mi si piantò davanti. A un palmo dal mio naso. Era più alto di me di almeno venti centimetri. Svettava sopra di me, proprio come desiderava.

Mi misi le mani sui fianchi ma non indietreggiai. Alzai lo sguardo e vidi il suo viso torvo. "Mostrami cos'hai scoperto, Phan. E poi togliti dai piedi."

Oh, sì, mi ero offerta volontaria come Sposa Interstellare proprio per essere sicura di non dover trovarmi nelle immediate vicinanze di questa particolare persona. Eh, no, non aveva funzionato come speravo.

11

Dorian

L'allarme mi fece scattare in piedi risvegliandomi da un sonno profondo. Mi gettai addosso l'uniforme e mi ricordai che Chloe si trovava sul ponte di comando, al sicuro assieme al Comandante Karter. Seth, invece, era fuori in missione. Avevo sentito che lo chiamavano mentre era sotto la doccia. Si era vestito ed era corso fuori prima ancora che io mi riaddormentassi.

Afferrai la pistola e la infilai nella fondina.

Seth affrontava la stessa incertezza che tutti noi affrontavamo ogni giorno, ed avevamo entrambi imparato a farci i conti. Speravo solo che anche Chloe potesse riuscirci.

Una volta allacciati gli stivali, lasciai i nostri alloggi privati e a tempo di record raggiunsi la sala riunioni dei piloti. Fui sioccato nel vedere che ci fosse anche Chloe, in piedi vicino al muro, assieme al Comandante Karter e ad Anghar. A pochi passi da loro c'era un gruppo di guerrieri che non conoscevo. Indossavano delle strane armature con degli strani circuiti metallici incorporati. Era la tecnologia dello Sciame.

Sembrava che il loro leader fosse tutto occupato a guardare con fare truce la mia compagna, e quel suo sguardo non mi piaceva neanche un po'. Diamine, mi bastava guardarlo per capire che fosse uno stronzo. E riuscivo a percepirlo anche attraverso il collare di Chloe. Lei lo conosceva. E lo odiava. Ma quel tizio aveva sottostimato il fuoco di Chloe, perché lei lo stava guardando di rimando, senza indietreggiare nemmeno di un millimetro. Sentii che il suo orgoglio, la sua risolutezza a non cedere erano venati di vergogna.

Avere una compagna così coraggiosa e bellissima mi inorgoglì ancora di più, ma tutt'a un tratto fui come investito dalla gravità della situazione. Nella stanza c'erano tutti i piloti. Nessuno dormiva più. Il Comandante Karter in persona si avvicinò al gruppo e cominciò a darci informazioni riguardo la nostra missione. Per il momento, dovevamo solo prepararci al decollo. Dovevamo essere pronti a partire da un momento all'altro. Apparentemente quel gigante di Atlan che avevamo recuperato dalla nave catturata dello Sciame si era svegliato dal suo sonno all'interno della capsula ReGen e aveva avvertito il comandante dell'esistenza di una qualche trappola. Che la mia Chloe ne fosse invischiata non mi sorprese neanche un po'. Ma riuscivo a sentire uno scioccante miscuglio di emozioni provenire da lei. Emozioni che ora non avevo nessuna speranza di poter decifrare.

Vergogna. Colpa. Paura. Rabbia. Risolutezza.

In lei ora non c'era alcuna traccia di tenerezza. Era una guerriera.

Sembrava come se avesse già cominciato a combattere.

Io sarei dovuto uscire dopo poco. Ma quando il comandante ci informò che tutte le squadre ReCon e le squadre di assalto erano state richiamate per precauzione, tirai un sospiro di sollievo. Meno male.

"Piloti, dirigetevi sul ponte," ci disse il Comandante Karter. "State pronti a decollare al mio comando. Buona fortuna."

Io me ne stavo andando, ma presto Seth sarebbe ritornato. Sarebbe stato qui. Non mi importava di vivere o morire, non più di quanto avessi mai fatto. Volevo vivere, ma dovevo combattere. L'unica cosa che mi importava era di essere certo che la mia compagna fosse al sicuro. Protetta.

Mi alzai e andai da Chloe, che se ne stava lì, circondata da Atlan e Prillon che erano il doppio di lei.

La presi in disparte e me la strinsi al petto, brevemente, giusto il tempo di sentire il suo profumo, di portare con me in battaglia il suo tocco. La avvolsi con le mie braccia e lei mi strinse con forza. Le diedi un soffice bacio sulle labbra. Attraverso il collare riuscivo a sentire il bisogno che lei aveva di me, ed ero sicuro che lei riuscisse a sentire lo stesso.

"Ritorna da me, Capitano," mi sussurrò. "Sono innamorata pazza di te."

Quelle parole per poco non mi fecero scoppiare il cuore. Il sentimento mi attraversò il corpo, e non riuscii a trattenere quello che provavo per lei. Lei riusciva di certo a percepirlo attraverso il collare, ma volevo che me lo sentisse dire. Che sapesse che era tutto vero. "Anche io ti amo, compagna. Fino alla morte, ed anche oltre."

La lasciai andare, ma allontanarmi da lei fu una delle cose più difficili che avessi mai fatto in vita mia. Sapevo che qui sarebbe stata al sicuro. Ma Seth non era qui. non ancora. Saremmo stati entrambi là fuori, in pericolo. Ma era tutto quello che potevo fare.

$\mathcal{D}$orian

"CHE CI FACCIAMO QUI se non dobbiamo pilotare la nave mercantile? Quella è la nostra nave." Il pilota Prillon seduto di fianco a me nella base di lancio sembrava tanto contrariato quanto me. Si chiamava Izak, ed erano ormai due anni che volavamo assieme. Era un ottimo pilota, forse persino migliore di me. Ma voleva delle risposte che io non potevo dargli.

"Non lo so. Ma c'è l'intelligence a bordo, e quindi lo sanno gli dèi in che razza di stronzate stiamo per andarci a ficcare."

Izak gemette e si sporse in avanti, i gomiti sulle ginocchia e la testa tra le mani. "Riesci a sentirlo?"

Mi fermai e mi misi in ascolto. Niente. "No."

"Mi hanno dato questa danna armatura e ora riesco a sentirli." Si massaggiò le tempie e poi si raddrizzò per appoggiare la testa contro il muro.

"Loro chi? Chi te l'ha data?"

"L'intelligence."

L'intelligence. "E riesci a sentirli? Chi è che riesci a sentire?"

Mi guardò negli occhi. "Lo Sciame, Dorian. Quel cazzo di Sciame."

Lo Sciame. L'intelligence. Strane armature e navi stealth? Sì. Eravamo fottuti.

Ci trovavamo all'interno di una piccola base di lancio. Due shuttle stealth erano pronti al decollo. Ci entravano solo pochi uomini, meno di dieci in tutto, a patto che tutti quelli a bordo fossero rimasti in piedi nella piccola area di carico dietro ai piloti. Le navi erano progettate per le infiltrazioni e venivano utilizzate per raccogliere informazioni dietro le linee nemiche, e io avevo un pessimo presentimento riguardo l'intera faccenda.

"E cosa dice?" chiesi. L'armatura di Izak era diversa dalla mia. Io indossavo la mimetica standard per le operazioni spaziali, ma la sua era piena di strisce argentate e circuiti che erano palesemente dello Sciame.

Scosse il capo. "Non ci capisco un accidenti. È come se avessi uno sciame di insetti che mi ronzano nella testa." Izak cominciò a togliersi l'armatura e a gettare i pezzi sul pavimento. "Non posso volare così. Per gli dèi, non posso."

Izak si spogliò a tempo di record poi, nudo, si diresse verso un armadietto per recuperare una nuova armatura. Si stava infilando i pantaloni quando la porta si aprì e entrarono una dozzina di persone, tra cui il Comandante Karter e la mia compagna. Chloe indossava la stessa armatura argentata che Izak si era appena tolto e io sentii il mio cuore che saltava un battito.

No. Per gli dèi, No. Doveva starsene seduta dietro a una scrivania, non doveva andarsene in giro pronta per combattere. Ed era un cannone a ioni quello che portava legato alla coscia?

La bestia, l'Atlan, era dietro di lei e indossava un'armatura simile. L'unico che non portava l'armatura da combattimento era il Comandante Karter. Disse a me e Izak di unirci a loro e io mi ricordai che il mio co-pilota era ancora nudo. Il solo pensiero che Chloe avesse potuto vedere il suo corpo nudo mi faceva impazzire di gelosia. Ma quando alzai lo sguardo su di lei, vidi che lei guardava me e me solo, e che negli occhi aveva così tanto amore che la mia gola minacciò di occludersi. Le sue emozioni mi investivano con forza attraverso il collare. Amore. Speranza. Paura. Rassegnazione. Stavamo andando tutti quanti in missione, forse per non fare mai più ritorno.

Dèi, no. Non mi piaceva che si sentisse così. Neanche un po'.

Afferrai il giubbotto corazzato di Izak e glielo lanciai. "Forza, sbrigati. Karter è qui."

Izak mi seguì indossando il resto dell'equipaggiamento mentre camminavamo. Quando raggiungemmo gli altri, era ovvio che ci fossero due gruppi distinti. L'intelligence aveva otto infiltratori con indosso l'armatura che Izak si era appena tolto. E poi c'erano Chloe, Anghar e due guerrieri Prillon, forse due guardie, o due custodi. Non so. Il comandante ripeté velocemente i nomi di tutti quanti e io non potei notare il modo in cui Bruvan adocchiava la mia compagna. Lui e Chloe indossavano sulla testa lo stesso strambo dispositivo. Era la prima volta che lo vedevo, ma riconoscevo la tecnologia dello Sciame quando la vedevo, e vedere quell'affare attaccato alla testa della mia compagna come un parassita di certo non mi aiutò ad alleviare i timori che provavo.

Il comandante si schiarì la gola. "Bene, guerrieri. Sapete

tutti perché siete qui. Dobbiamo abbattere quella rete. Siamo seduti nel bel mezzo di una trappola, e non mi piace. Per niente. Ma dobbiamo anche sapere come funziona e come rilevarla. Potrebbero utilizzare quest'arma anche negli altri settori, prendere di mira altri battaglioni. Dobbiamo sapere con cosa abbiamo a che fare. E distruggerlo."

Karter si girò verso me e Izak. "Capitano Kanakar, lei piloterà lo shuttle con la Comandante Phan e Anghar. Il vostro team agirà da supporto. Le coordinate e le istruzioni sono già state caricate nel sistema dello shuttle. Una volta sul campo, prenderete ordini dalla Comandante Phan. Tutto chiaro?"

"Sì, signore." Annuii. Il comandante ci tenne a sottolineare che sarebbe stata Chloe l'ufficiale di comando sul mio shuttle, ma non mi importava. Ero troppo sollevato dal sapere che Chloe faceva parte del team di supporto e che non sarebbe andata là fuori, nello spazio, a combattere con gli dèi sanno solo cosa."

"Capitano Morzan," disse il comandante ad Izak. "Piloterai lo shuttle per l'assalto. Prenderai gli ordini dal Comandante Bruvan."

"Sì, signore."

Il Comandante Karter ci guardò severo. "Non vi insulterò ricordandovi le regole, ma questa non è un'operazione standard. È un'operazione dell'intelligence. È chiaro?" Mi guardò dritto negli occhi, come per ricordarmi ancora una volta che ora era Chloe a dare gli ordini, che la mia compagna era la mia superiore, e che se anche non ero d'accordo con lei, era mio compito seguire i suoi ordini. Non importava cosa stessimo affrontando.

Cazzo.

Annuimmo entrambi. Mi vennero i brividi, e sentii uno sgradevole presentimento gravarmi sullo stomaco. Izak sembrava impassibile, ma lui non stava andando in guerra assieme alla sua compagna. Dovevo proteggerla.

Sempre che me lo avesse permesso.

Il Comandante Bruvan disse: "In questa missione io sono l'ufficiale di più alto grado, seguito immediatamente dalla Comandante Phan. Una volta lasciata la nave, opereremo solamente su frequenze radio a onda corta. Nessuna eccezione."

"Ma saremo fuori portata per comunicare con la Corazzata Karter," disse Izak.

"Esattamente." Il Comandante Bruvan sollevò l'elmetto. "Andiamo. Sbrighiamoci."

Izak ed io ci scambiammo il saluto del guerriero, stringendoci gli avambracci, e poi ci separammo, ognuno di noi diretto verso la propria navicella. Nel giro di pochi secondi, la mia compagna, Anghar e due guerrieri Prillon si erano posizionati dietro di me e allora chiusi il portellone dello shuttle. Chloe si sedete sul sedile di fianco al mio e, con mia enorme sorpresa, mi aiutò ad approntare il lancio. "Hai altri segreti per me, Comandante Phan?"

"Aspetta e vedrai, Capitano." Mi sorrise, il viso incorniciato dall'elmetto nero, e io sentii il mio cuore che si alleggeriva, nonostante il fatto che con ogni probabilità ero diretto verso la missione più pericolosa di tutta la mia carriera. E con lei al mio fianco.

Il suo sorriso svanì tanto velocemente quanto era apparso e al suo posto apparve la comandante. Chloe era a pieno regime. Sentivo chiaramente la sua concentrazione e la sua determinazione. "Segui l'altro shuttle. Ci avvicineremo alla rete ed eseguiremo delle scansioni e solo allora decideremo come disabilitarla."

Anghar era proprio dietro di noi, e i due guerrieri Prillon

erano dietro di lui. Guerrieri della loro stazza potevano stare soltanto in piedi dentro questa nave.

Mi concentrai sul pilotare lo shuttle, su quello che sapevo, e seguii lo shuttle Izak fuori dalla base di lancio, lontano dal battaglione. Davanti a noi non vedevo niente, ma sapevo che avevamo perso una nave mercantile. C'era qualcosa là fuori.

"Riesco a sentirli." Il basso ruglio della voce di Anghar spazzò via tutta la contentezza che provavo nell'avere Chloe al mio fianco. Il calore e l'amore che fluttuava attraverso i nostri collari si spense d'improvviso, rimpiazzato da un terrore gelato. E poi disse qualcosa che spazzò via l'ultimo scampolo di calore che ancora mi rimaneva in corpo.

"Anche io. Sanno che stiamo arrivando."

———

Chloe

La rete era enorme. molto più grande di qualunque altra cosa avessi mai visto prima d'ora e mi accorsi che, mentre lavoravo con l'intelligence, avevamo visto solamente una versione di prova di quest'arma, degli impieghi su scala ristretta effettuati dallo Sciame per testarne l'efficacia.

Questa era qualcosa di completamente diverso. Era enorme. Si estendeva per migliaia di chilometri ed era quasi impossibile da rilevare con i sensori. Un battaglione che viaggiava ad alta velocità sarebbe stato distrutto ancor prima di capire cosa lo avesse colpito.

Scioccare Dorian con le mie abilità di pilota era uno dei pochi lati positivi. Tutti gli ufficiali dell'intelligence dovevano sottoporsi a un addestramento di base come piloti, nel caso in cui si fossero ritrovati ad essere l'ultimo sopravvissuto, l'unica opzione per la fuga. Avevo volato soltanto una volta, prima 'dora, e quell'incidente aveva cementificato Bruvan come mio eterno nemico e mi aveva fatta cacciare dall'intelligence. Ma mi aveva salvato la vita. La mia e la sua.

Stronzo ingrato.

Vabbè. Non potevo perdere tempo a rivangare il passato, non quando davanti a me c'era un'enorme rete di esplosivi che avvolgeva il Battaglione Karter e i due uomini che avevo imparato ad amare. E uno di loro era seduto di fianco a me, e la quantità di devozione e protezione che mi arrivava attraverso il collare mi faceva sentire quasi invincibile. Era una sensazione inebriante, e non faceva altro che farmi venire ancora più voglia di sopravvivere a questo macello, ad assicurarmi che questa volta andasse tutto nel verso giusto.

Rallentammo, e ci volle quasi un'ora per raggiungere il perimetro della rete dello Sciame. Dietro di me c'era Anghar, inginocchiato, la mano appoggiata sullo schienale del mio sedile, la sua enorme testa che guardava quello che c'era di fronte a noi, come se potesse vederli.

Non poteva. Nessuno di noi ci riusciva. Le mine erano invisibili a occhio nudo. Ed erano invisibili anche per la maggior parte dei nostri sensori.

Ma non per me. O per Angh, grazie alla nostra speciale tecnologia. Ed eravamo vicini.

"Fermati qui," ordinai a Dorian. Noi ci fermammo, ma lo shuttle di Bruvan proseguì.

"Non vedo niente," disse Dorian.

"Fidati di me, Prillon, è qui." Angh mi si avvicinò e scrutò l'enorme monitor che avevamo di fronte. "Puoi zoomare, Capitano?"

"Ma certo." Le mani di Dorian si mossero con agilità e le immagini davanti a noi vennero ingrandite e le stelle lontane crebbero fino a riempire lo schermo come tanti fari.

"Basta." Angh scosse il capo e fece un gesto con la mano. "Le hanno nascoste per bene."

Era vero. Sentivo la presenza dell'arma dello Sciame con una forza sconcertante, eppure non riuscivo a vedere nulla. Mi sembrava stessimo dando la caccia ai fantasmi.

Ma quella nave non era esplosa per colpa di un fantasma. Quegli uomini erano morti perché qui fuori c'era qualcosa di molto, molto reale.

"E ora, Comandante?" Dorian si girò verso di me e io scossi il capo.

"Accendete le radio a frequenze corte. Aspettiamo gli ordini del Comandante Bruvan."

"Per quanto tempo?" chiese Angh.

Volevo sbuffare disgustata, ma rimasi professionale. A malapena. "Conoscendolo, almeno un'ora."

Dorian non disse nulla, ma il suo fastidio mi giungeva con chiarezza attraverso il collare. E, ne ero certa, lui percepiva il mio odio per Bruvan.

Come era ovvio, passò un'ora senza che Bruvan o qualcuno del suo equipaggio si facesse sentire. Angh si aggirava entro i confini ristretti del retro dello shuttle, e i due guerrieri Prillon se ne stavano schiacciati contro i muri per lasciare quanto più spazio possibile alla bestia agitata. Anche così, però, Angh poteva fare solo tre passi prima di doversi girare per ricominciare daccapo.

Ci ero abituata, ai giochi mentali di Bruvan. Lui diceva che ci metteva così tanto tempo per prendere una decisione perché prima aveva bisogno di analizzare tutti i dati. Ma sia io che lui conoscevamo la verità. L'analisi vera e propria avveniva nelle nostre menti, dove le speciali unità-procedurali lavoravano a pieno ritmo per decifrare i codici dello Sciame.

Io ero solo di supporto. Sia il Comandante Karter che il

Comandante Bruvan si erano premurati di dirlo a chiare lettere. E quindi non dovevo andare a ficcare il naso negli affari di Bruvan. Ma c'era qualcosa che non andava. Ed ero certa che anche Bruvan riuscisse a percepirlo. Probabilmente era per quello che ora esitava. E Angh? Avevo come l'impressione che quella bestia Atlan riuscisse a sentire molte più cose di quante ne volesse.

"L'hai sentito, Angh? Il basso brusio in lontananza? Dietro a tutti gli altri ronzii?"

"Sì."

Mi alzai e andai verso di lui. "Che cosa pensi che sia?" Volevo sentire la sua su questa faccenda, nel caso in cui mi stesi sbagliando o mi stessi inventando le cose.

"È la loro madre."

"Sì!" Saltai in aria e lo abbracciai. Lui rimase lì, stupito, e io corsi di nuovo alla mia postazione e aprii le comunicazioni con l'altro shuttle.

"Comandante Bruvan, qui la Comandante Phan. Mi ricevete?"

"Qui il Capitano Morzan. Il Comandante Bruvan non è a bordo, Comandante."

"Cosa?" Spalancai la bocca, incredula. "Che cosa vuol dire che non è a bordo? E perché non sono stata informata?"

"Ordini del Comandante." Il guerriero Prillon sembrava impenitente.

"Posso parlargli?"

"Sì, Comandante." Izak si zittì per un istante e lo sentii muoversi dentro la sua enorme armatura. Era un guerriero Prillon grande e grosso, con un gran bel... zittii quel pensiero ancor prima di finirlo. "Comandante Bruvan. Mi riceve?"

"Qui Bruvan. Parla pure, Capitano." La voce di Bruvan era distante, proveniva dal microfono che aveva dentro l'elmetto.

Lo sapevo io dov'erano lui e il suo team – a fluttuare nello spazio con i jet pack legati sulla schiena.

"Comandante, qui è il Comandante Phan. Dove vi trovate?"

"Ci stiamo avvicinando alla griglia."

"Perché non sono stata informata? Qual è il piano?" Ero furiosa, la rabbia mi ribolliva nelle vene come un vulcano. Come osava metterci tutti in pericolo, la sua squadra, la mia, solo perché io non gli piacevo? Lasciarci qui seduti mentre lui se ne andava a fare una passeggiata con il suo team? Che stronzo.

"È un'informazione confidenziale."

"Noi siamo il vostro team di supporto, e credo proprio che dobbiate tenerci informati." Sembrava stessi ringhiando, ma non mi importava.

Bruvan sospirò, con forza, come se io fossi l'essere umano più fastidio della galassia. "Benissimo, Comandane. Ci stiamo avvicinando al punto di snodo più vicino. Una volta lì, il mio team di demolizione piazzerà gli esplosivi e lo distruggerà, creando così una reazione a catena che dovrebbe demolire l'intera rete."

Mi schiarii la gola e il brontolio di Angh mi fece capire che anche lui la pensava esattamente come me. "Non funzionerà, signore. Una delle nostre navi mercantili ha colpito la rete qualche ora fa. Ha distrutto la nave, ma la rete è rimasta intatta."

La risposta del Comandante Bruvan fu breve. "Stiamo usando un tipo di esplosivo speciale, Phan. Progettato apposta per questo tipo di situazioni."

Cominciai a scuotere la testa ancor prima che ebbe finito di parlare. "Signore, c'è un oggetto che fluttua dietro la rete e che la controlla nella sua interezza. Se ascoltate con attenzione, sentirete un brontolio quasi impercettibile.

Anghar ed io crediamo che provenga da un qualche meccanismo di controllo."

Angh disse a Bruvan: "È la loro madre. Li controlla tutti."

Il Comandante Bruvan restò in silenzio per due minuti, e io trattenni il respiro mentre lui, con ogni probabilità, stava ascoltando la stessa NP sperimentale che avevo anche io. L'avrebbe sentito di certo. Doveva sentirlo. C'erano troppe vite in gioco per poter sbagliare.

"Non sento niente, Comandante Phan. E Anghar, con tutto il rispetto, lo Sciame ti ha contaminato troppo a fondo perché la tua opinione sia degna di venir ascoltata.

Angh ringhiò, ma io stesi la mano per tenerlo fuori dall'area dei piloti. "Bruvan, ti prego, ascoltami. Se il Comandante Karter ha voluto che Anghar venisse con noi in missione un motivo c'è. Dobbiamo lavorare insieme, non metterci a lottare gli uni contro gli altri. Basta rivangare il passato. Ti prego. Te lo ripeto, far esplodere una mina non porterà niente di buono. Dobbiamo distruggere la nave che le controlla."

Dorian mi spalleggiò: "Distruggere altre mine potrebbe causare un assalto dello Sciame su ampia scala, Comandanti. Un'esplosione isolata potrebbe sempre essere attribuita a dei detriti volanti, a una meteora. A della spazzatura spaziale. Ma due potrebbero avvertirli della nostra presenza qui."

"Ne prendo atto, Capitano. Comandante. Ma ci sono io a capo di questa missione e andremo là fuori per far saltare in aria questa cosa."

"Sì, signore," mormorai lasciandomi cadere sul mio sedile mentre Dorian, Angh e i due guerrieri Prillon se ne stavano seduti in silenzio e ascoltavano il chiacchiericcio che proveniva dai loro microfoni. I due esperti di esplosivi piazzarono le loro mine e il team si riunì, e tutt'assieme ritornarono verso il loro shuttle. Una volta al sicuro, avrebbero fatto detonare gli esplosivi e ce la saremmo data a gambe come dei pazzi.

"Portaci via di qui, Dorian. Non voglio stare vicino a quella cosa quando salta in aria."

"Sì, Comandante." Il mio compagno sembrava professionale, ma grazie al collare sapevo che anche lui conosceva la verità. Era contento di potermi portare lontana dal pericolo. Indietreggiammo, utilizzando i propulsori per allontanarci con grazia dalla rete, cercando di non far scattare i sistemi di rilevamento.

Ma non eravamo ancora fuori pericolo, come si dice. Per niente.

Bruvan e il suo team raggiunsero il loro shuttle e Bruvan ordinò a Izak di portarli a distanza di sicurezza.

Avevano appena cominciato ad allontanarsi dalla rete quando vedemmo il primo colpo di cannone colpire il loro shuttle, proprio vicino al motore posteriore. Sopra di noi, come un muro gigante di mostri che si risvegliano, la rete di mine apparve dal nulla, abbandonando il camuffamento per attaccare la piccola nave. La rete di mine non esplodeva, ma sparava delle cannonate potentissime, grosse come una nave.

"Merda," sussurrai.

"Va' via, Izak!" gridò Dorian, ma era troppo tardi. Una seconda cannonata colpì l'involucro del loro motore di sinistra. E poi una terza si infranse contro lo scafo.

La linea principale per le comunicazioni si aprì e udii la voce del Comandante Karter gridare attraverso gli speaker del mio elmetto. "Tornate immediatamente qui. Subito. Ci stanno attaccando da dietro. Un'armata di vascelli dello Sciame. Tutte le navi devono tornare a difendere la flotta."

"Per gli dèi, ci hanno circondati." Dorian si girò verso di me. "Siamo in trappola. L'intero battaglione è in trappola."

"Seth è lì fuori da qualche parte," dissi ad alta voce, più a me stessa che altro. Certo, era lì fuori. Tutti quelli del battaglione erano lì fuori. E sarebbero morti.

Angh si sporse in avanti, sulla mia spalla, per guardare lo shuttle di Izak roteare fuori controllo e allontanarsi dalla rete, verso la flotta. "Un'armata. Non sopravvivremo mai. Ci distruggeranno tutti quanti."

"No. Non lo faranno." Lo sapevo con una certezza che faceva quasi male. "Non vogliono distruggerci." Lo Sciame non voleva mai distruggere niente. Voleva schiavizzarci. Voleva altri soldati. Altro materiale organico da integrare nel suo sistema. Era come una tribù di cannibali, e non erano mai sazi.

"No!" Il ruggito di Angh era assordante. Mi alzai, lo guardai, e aspettai che si calmasse. Sapevo cosa dovevo fare. Riuscivo a *sentirmelo* nelle ossa.

"Hai finito?"

Dorian si girò di scatto verso di me, il sospetto e la rabbia che lottavano dentro di lui. Non avevo dubbio che la mia calma lo confondesse. Ma se c'era qualcuno su questa nave che capiva quello che dovevo fare, era la bestia che avevo di fronte a me. Anche lui riusciva a sentirli.

Tutti e quattro i guerrieri si girarono verso i me, ma io non andai nel panico. Era come un'esperienza extracorporea. Non sentivo... niente.

"Anghar ed io indosseremo una tuta da esterno e ci spingeremo oltre la rete. Le mine sono poste ad intervalli, possiamo passarci in mezzo. Noi due riusciamo a sentirle, e quindi dovrebbe essere facile evitarle." Guadai Angh. Mi stava ascoltando con la massima attenzione. Sbatteva lentamente le palpebre e registrava quanto gli stavo dicendo. "Una volta dall'altra parte, rintracceremo la nave madre e ci avvicineremo utilizzando i jet pack."

"Distruggere la nave madre," disse Angh, e subito si mise a

cercare le tute e i jet pack che ci avrebbero permesso di andare là fuori, nella fredda vacuità dello spazio profondo.

"Prenderemo gli esplosivi, rintracceremo la nave madre che controlla l'intera rete e la faremo saltare in aria. Una volta che la rete sarà abbattuta, il Comandante Karter e tutto il battaglione potranno sfuggire all'attacco dello sciame."

"Non sapete dove si trova la nave madre," disse uno dei guerrieri Prillon. Non conoscevo né il suo nome né quello del suo amico. "Se vi allontanate troppo, o se non riuscite ad abbatterla, non saremo in grado di raggiungervi."

L'altro Prillon guardò Angh, poi me. "Se rimanete intrappolati dall'altra parte, non avrete abbastanza carburante per ritornare alla nave."

Tutto quello che dicevano era vero, ma dovevamo farlo. Non potevamo perdere l'intero battaglione. Tutte quelle persone. Oltre cinquemila. E non solo guerrieri, ma anche donne e bambini. Guardai la bestia: "È un problema per te?"

Lui mi guardò negli occhi. Sapevamo entrambi cosa c'era in gioco. "No, mia signora. Non è un problema."

Mi girai verso Dorian prima che potesse esplodere per le emozioni. "Non può farlo nessun altro, Dorian. Noi siamo gli unici che riescono a sentirle. Sono invisibili, protette. Se non la troviamo e non la distruggiamo, cattureranno l'intero battaglione. Verranno tutti integrati. Anche i bambini. L'interò settore cadrà. Dorian, noi proteggiamo sei pianeti. Miliardi di vite. Dobbiamo provarci."

Dorian non disse nulla. Mi abbracciò e mi strinse forte. "Farai meglio a ritornare da me, compagna."

"Tornerò." Dovevo tornare. Forse ero già incinta, e quel bambino *non* sarebbe nato schiavo dello Sciame. Integrato fin dalla nascita. Con la mente e il corpo distrutti.

Piuttosto sarei morta.

I guerrieri Prillon indietreggiarono e io e Angh

prendemmo le tute speciali di cui avevamo bisogno per viaggiare nello spazio aperto.

Ci vestimmo il più in fretta possibile. I guerrieri controllarono due volte le nostre tute per assicurarsi che fosse tutto a posto.

Dorian consegnò ad Angh uno zaino pieno di esplosivi.

"Ne porto uno anche io. Giusto per."

Il guerriero Prillon mi diede uno zaino simile. Sbuffai e lo sollevai per mettermelo in spalla. Doveva pesare almeno trenta chili. Ma una volta nello spazio, quel peso non sarebbe stato niente.

"Pronti?" gridò Dorian dal suo sedile.

"Pronti!" gridai di rimando. Angh ed io entrammo nella piccola area per la decompressione. Lo spazio era poco e dovevamo stare l'uno vicino all'altra. La grossa mano dell'Atlan prese una pesante corda lunga più o meno due metri e ci legò per la vita. Forse saremmo andati alla deriva, ma lo avremmo fatto assieme. La porta si chiuse e ci separò dal resto dello shuttle. Poggiai il palmo aperto sul vetro di fronte a noi. Dorian sollevò la mano e la appoggiò sull'altro lato del pannello.

"Ti amo, Dorian."

Quelle furono le ultime parole che dissi. Poi il retro della nave si aprì e Angh e io venimmo catapultati nello spazio profondo.

13

$\mathcal{S}$eth

"ReCon 3, rispondete. Qui è la Karter."

Mi sporsi sulla spalla del mio pilota e lui aprì le comunicazioni. "ReCon 3. Qui è Mills."

"Capitano, qui è Karter. Siamo sotto attacco. Il battaglione è stato intrappolato in mezzo alla rete e all'armata dello Sciame. I vostri ordini sono di recuperare il team dell'intelligence dallo shuttle 547 e di ritornare immediatamente sulla Karter."

"Oh, cazzo." Trinity era in piedi di fianco a me. Jack dietro di lei.

"Un'armata? Quante navi sono?" chiese Jack.

"Troppe, cazzo, troppe. Riportate il team dell'intelligence a casa. Passo e chiudo."

Le comunicazioni si zittirono e lo choc della nostra situazione si sparse tra la mia squadra come acqua increspata da un sasso. Queste erano truppe indurite dalla battaglia. Avevano esperienza, sia sulla Terra che qui nello spazio. Non avevamo mai visto un attacco dello Sciame così vasto.

"Beh, andiamo a recuperare le spie e riportiamo il culo sulla Karter, gente." Mi sporsi in avanti e diedi una pacca sulla schiena del mio pilota. "Cos'abbiamo sugli scanner?"

"Uno shuttle stealth 546 ha perso entrambi i motori ed è alla deriva."

"Ha perso entrambi i motori? E come diavolo è successo?" Guardai lo schermo e identificai la navicella. Il retro dello shuttle sembrava come se fosse la portata principale di un barbecue.

"Sembra che gli abbiano sparato con dei cannoni a ioni," disse Trinity.

"Sì, ma da dove?" chiese Jack.

Davanti a noi non c'era niente oltre allo spazio vuoto, ma, prima di partire, ci avevano informati di una rete invisibile, della nave che era esplosa.

E quindi qualcosa c'era là fuori. Non mi era mai sembrato che lo spazio avesse una personalità o una presenza tutta su. Mi era sempre sembrato vuoto. Come... il niente. Ma ora, mentre guardavo nell'oscurità, potevo giurare di poter percepire qualcos'altro. Una minaccia.

"Prendete dei rampini e tirate qui quello shuttle. Ho un brutto presentimento." Sollevai gli occhi e inclinai il mento così da farmi sentire da tutta la mia squadra. "Indossate gli elmetti, gente. Allacciateli e sigillateli per bene. Potremmo perdere pressione da un momento all'altro."

Mi misi l'elmetto e chiusi la tenuta stagna. Mi sentii rassicurato sentendo l'elmetto che si sigillava sibilando, ma poi qualcosa fluttuò attraverso lo schermo e catturò la mia attenzione. "E quello cos'è?"

Il pilota era impegnato con i controlli, e fu il copilota a

rispondermi. "Quello è lo shuttle 539, in modalità stealth, signore. Ha i motori a piena potenza."

Sentii i brividi su tutto il corpo fino a quando non fummo abbastanza vicini e, come d'improvviso, le emozioni di Dorian mi inondarono, facendomi quasi cadere in ginocchio. Dorian era su questa nave. Ed era come appeso a un filo. Le cose stavano andando malissimo. "Chiama quello shuttle. Subito."

Il pilota eseguì e la fu proprio Dorian a rispondere alla chiamata. Ignorai le formalità. Le emozioni che mi stavano bombardando erano più che rivelatorie.

"Dov'è Chloe, Dorian? Che succede?"

Dorian mi fece velocemente il sunto della situazione, mi raccontò del battibecco che c'era stato tra la nostra compagna e il Capitano Bruvan, della decisione di Bruvan di far esplodere una mina della rete, e del fatto che, in questo preciso istante, la mia compagna era legata a un Atlan e stava fluttuando per lo spazio, dall'altra parte della rete, senza nessun mezzo per ritornare oltre ai propulsori che aveva legati sulla schiena.

"Cazzo. Cazzo. Cazzo. Come hai potuto lasciarla andare?" chiesi, ma conoscevo già la risposta. Non aveva avuto altra scelta. Nessuno di noi ce l'aveva. Lei era una comandante. Una guerriera. O l'amavamo per com'era, oppure ce ne saremmo dovuti andare.

E *quello* di certo *non sarebbe mai successo.*

"Scusa, Dorian. Non avevi altra scelta, lo so."

La risatina di Dorian fu rassicurante, ma non era una risata di gioia. "Hai ragione. E devi andare a salvare Izak e tutti gli altri su quello shuttle e lasciare Chloe a me."

Avrei voluto lasciare Bruvan a marcire nello spazio, ma non potevo. E Izak era un ottimo pilota. Un bravo guerriero. Dovevo andare. "Dannazione. Tienimi aggiornato, Dorian."

Lui mi capiva. Sapevo che mi capiva, perché eravamo entrambi preoccupati per la nostra compagna. E subito dopo che quell'ondata emotiva fu passata, ci sentimmo entrambi ancora di più determinati. Avremmo fatto quello che dovevamo fare. Per Chloe. Per tutti. Eravamo dei soldati e avevamo un lavoro da svolgere.

"Lo sai tu e lo so io, Seth. Dopo aver recuperato l'altro shuttle, tieniti nei paraggi. Nel caso in cui dovessimo andare a cercarla."

"Ricevuto." Il pilota chiuse le comunicazioni e io mi voltai verso il nostro team. "Andiamo a salvare lo stronzo che ha messo in pericolo la vita della mia compagna."

Trinity mi sorrise. "Che è? Tempo per un'altra degradazione, Capitano?" Si riferiva all'ultima volta che avevo avuto dei problemi con gli ordini di un altro capitano. Quello stronzo di un terrestre era costato la vita a due dei miei uomini e aveva distrutto la mia nave, il tutto perché si era rifiutato di interrompere l'inseguimento di una navicella dello Sciame. E quello subito dopo che gli avevamo salvato il culo. Qualche altra ora e avrebbe rischiato di diventare lui stesso uno dello Sciame.

Comprendevo benissimo la sua rabbia, ma poi aveva preso il comando della mia nave e ci aveva fatto finire in mezzo a una battaglia che non potevamo vincere. Beh, una volta a casa, non ci volle molto prima che il mio pugno trovasse il suo naso. Dopo quel pugno, mi avevano degradato a luogotenente per circa tre mesi. Ma lui era rimasto col naso storto e con la paura di guardarmi negli occhi.

Ne era valsa la pena.

"Oh, puoi scommetterci," risposi.

———

Chloe

LO SPAZIO ERA FREDDO. Era quello il mio unico pensiero mentre Angh e io galleggiavamo avvicinandoci sempre di più alla ronzante rete di esplosivi che teneva in trappola la nostra gente. Non era solo freddo, era un freddo che intorpidiva la ossa, era silenzioso. Come quando ci si sente perduti. In mezzo al niente. Completamente, fatalmente da soli.

Ma mentre quel pensiero mi attraversava la mente, la risolutezza di Dorian mi invase attraverso il collare e capii che non ero veramente da sola, e che non lo sarei stata mai più. Ora c'erano i miei compagni con me. Eravamo connessi l'uno all'altra. Erano miei. E se avevo intenzione di rivederli, di sentire di nuovo il loro tocco, di baciarli... beh, dovevo sopravvivere. Il che significava che dovevo smetterla di andare nel panico e dovevo concentrarmi su quello che stavo facendo.

Angh tirò la corda che ci teneva legati fino a quando non ci ritrovammo faccia a faccia. Mi abbracciò. "Dobbiamo rimpicciolirci."

"Lo so." Gli misi le braccia attorno alla vita, per quanto potessi, e mi tenni forte. Non era intimo nel senso comune, con queste armature enormi e con abbastanza esplosivo da far saltare in aria la luna, ma era intimo in un altro modo.

Riuscivamo entrambi a sentire il richiamo della madre, i punti di snodo della rete, quella cosa che era connessa alla mente dello Sciame. In un certo senso, eravamo un tutt'uno con lo Sciame. E così ci comprendevamo l'un l'altra, anche.

"Siamo vicini alla rete. Non ti muovere," mi disse Angh. Utilizzò il suo jet pack per farci passare attraverso lo spazio tra due mine. Vi passammo vicino e sentii il forte brusio. Erano piene di energia, un'energia simile a quella che ogni tanto sprigionano i maglioni di lana quando ci passi sopra un palloncino.

Solo che questa non si trattava di attrazione elettrostatica, e se ci avesse colpiti ci avrebbe uccisi.

Passare nello spazio in mezzo alle mine era come fluttuare dentro un piccolo tunnel. Dopo poco emergemmo dall'altra parte, e il brusio della rete si affievolì, ma l'attrazione verso la nave madre si fece più intensa. Troppo intensa. Era dappertutto. E da nessuna parte.

Angh mi lasciò andare e ci allontanammo. Proseguimmo scansionando l'area alla ricerca di nemici.

"Non vedo niente. Tu?" chiesi.

"No. Ma riesco a sentirla."

"Anche io." Da questo lato della rete le comunicazioni sembravano disabilitate. Non riuscivo più a sentire Dorian che chiacchierava con le altre navi. Eravamo solo io e la bestia. "Continuiamo per qualche altro minuto. Resta in ascolto."

Angh grugnì e continuammo a galleggiare, sempre più lontani dalla rete, dallo shuttle, dalla battaglia che infuriava alle nostre spalle. Il muro di mine dello Sciame sembrava essersi completamente ammutolito. Riuscivo a sentire dei lampi di luce, le esplosioni e le cannonate, ma era tutto confuso.

Ero quasi sul punto di suggerire di tornare indietro quando lo sentii. Il flebile picchiettio che avevo sentito prima. Mi girai e diedi uno strattone alla corda. "Angh. Lì. Lo senti?"

"Sì. Proprio davanti a noi."

Aveva ragione. Anche io riuscivo a sentirlo.

Come se l'avessimo evocata, eccola lì, d'improvviso. Nera come la pece e a forma di uovo oblungo, grande almeno dieci volte di più del nostro shuttle, il cuore dello Sciame fluttuava come un fantasma nell'oscurità.

Era completamente liscio. Niente angoli né fessure. Niente maniglie né porte né tubi di scappamento. Era liscio come il marmo. "Angh, abbiamo abbastanza... roba?" Non volevo utilizzare la parola *esplosivi*. Non sapevo se lo Sciame era in ascolto.

"Non lo so, mia signora." Ci guardammo e ci avvicinammo all'oggetto. Ero sicura che quella cosa non avesse un pilota. Era un sistema automatico, un'intelligenza artificiale controllata in remoto dallo Sciame. Dio solo sa da quanto tempo questa cosa era qui fuori. Giorni? Mesi? Anni?

Quando fummo abbastanza vicini da poterla toccare, ficcai le mani nello zaino, tirai fuori i primi esplosivi e li attaccai velocemente sulla nave. Sarebbero esplosi dopo cinque minuti. Il countdown sarebbe cominciato una volta posizionato l'ultimo. O dopo aver azionato il pulsante.

Sempre connessi, fluttuammo lungo quella cosa assicurandoci si posizionare gli esplosivi in più punti possibili. Ignorai la battaglia che infuriava dietro di noi. Se non avessimo distrutto questa cosa, non avremmo perso qualche nave, avremmo perso tutto e tuti.

Girammo attorno all'oggetto e ci fermammo di fronte alla punta. Lì, Angh notò la prima differenza visibile sulla superficie liscia. Indicò un hub che sembrava un'antenna per le comunicazioni, di cristallo e argento, e il ronzio nella mia mente aumentò a mano a mano che ci avvicinavamo. "Mettiamo l'ultimo qui."

Annuii e controllai il mio zaino. Vuoto. "Okay. Io li ho finiti."

Ci avvicinammo. Giravo a mezz'aria come un aquilone smosso dal vento e Angh utilizzò i suoi propulsori per sospingerci verso la cima dell'oggetto. Tirò fuori l'ultimo esplosivo e lo attaccò sulla nave, proprio sotto alla protuberanza di cristallo che c'era in cima. Tremai sollevata. La luce nel mio elmetto si fece rossa. Il conto alla rovescia era iniziato.

Angh sorrise, ma sembrò che stesse ringhiando mentre sollevava le mani e piegava le gambe per darsi una spinta e portarci entrambi via di lì.

Una scossa di luce bluastra si sollevò dalla nave, gli risalì per le gambe e gli avvolse tutto il corpo. Sembrava come il mostro di Frankenstein che veniva riportato in vita.

"Angh!" Strattonai la corda, accesi i propulsori per allontanarlo dalla nave, tirandolo dietro di me, a peso morto, e così ci allontanammo. Non mi importava di dove eravamo diretti. Sapevo solo che dovevamo allontanarci da questa cazzo di cosa.

E dall'enorme numero di esplosivi che sarebbero detonati tra pochissimi minuti.

"Angh. Mi senti?" Il cuore mi batteva così rumorosamente che quasi non sentii il suo flebile gemito. "Angh. Svegliati. Forza, Angh. Dobbiamo andarcene!"

Mosse le mani e io tirai un sospiro di sollievo. Con mia enorme sorpresa, si sganciò da me e mi spinse lontano da lui, verso la rete, verso la nostra nave. "Va', mia signora. Va' via di qui."

"No. Non ti lascio."

Sembrava stanco. "Quella luce blu. Mi ha fatto qualcosa. Il mio jet pack è quasi a secco. Non ce la farò a tornare. Ma tu puoi ancora farcela. Va'. Ora. Torna dai tuoi compagni. Io non sono niente. Lasciami qui."

"No. Maledizione, Angh. Non fare lo stupido." Ma non era stupido. Aveva ragione. La scossa della nave aveva fritto i motori del suo jet-pack, ed eravamo lontanissimi dallo shuttle. Da sola avrei potuto farcela. Ma se avessi dovuto trascinarmi dietro una bestia Atlan? Forse no.

"Va'. Torna dai tuoi compagni."

"No." Mi avvicinai ma lui mi spinse via con le braccia, come per costringermi ad abbandonarlo. "Per Dio, Angh. Sta' fermo. Non ti lascio qui, è un ordine."

Alla fine, dovetti afferrare quella bestia testarda da dietro, ficcando un braccio nelle cinghie del suo jet-pack, lì dove non poteva raggiungermi, e accesi i propulsori per sfruttare al massimo la spinta.

Se la rete non fosse caduta dopo la distruzione della nave, saremmo morti folgorati provando a passarla. Ma se la rete non fosse andata giù, eravamo tutti condannati, in ogni caso.

L'esplosione fu accecante. Brillante. Così calda che sentii l'armatura che mi si scioglieva sulle gambe, che mi bruciava la carne. Ignorai il dolore e continuai ad andare, accendendo i propulsori fino a quando non finì il carburante.

E poi cominciammo andare alla deriva.

Intrappolati. A secco. Con l'ossigeno agli sgoccioli.

E la rete era ancora lì.

———

Dorian

L'ESPLOSIONE FECE OSCILLARE lo shuttle. I due guerrieri Prillon imprecarono mentre venivano sballottati di qua e là come fossero delle palle rimbalzanti. Quando si rimisero in piedi, il più anziano dei due si sedette sul sedile del copilota e si allacciò le cinture.

"Dorian, dov'è la tua compagna?"

Controllai i radar e lo schermo che avevo davanti. Non vidi nulla. "Non lo so."

Seth mi chiamò. Sapevo che era lui ancora prima di udire la sua voce. "Dimmi che Chloe non si trovava in mezzo a quell'esplosione."

"Non lo so. La stiamo cercando." Non avevo bisogno di dirgli quanto volessi trovarla. Riusciva a percepirlo.

"Tienimi aggiornato." Seth chiuse le comunicazioni ma non gli prestai attenzione. Tutta la mia attenzione era rivolta alla ricerca dell'unica donna in tutta la galassia che significasse qualcosa per me. La mia coraggiosa compagna.

"Vedo qualcosa." Il Prillon seduto al mio fianco zoomò sullo schermo. Era Chloe, bruciacchiata e logora. Ed era aggrappata ad Angh, lo stava trascinando con sé. Tirai un sospiro di sollievo. Era viva.

Anghar sembrava svenuto.

Che cazzo era successo?

"Sono ancora dall'altra parte della rete."

"Riesci a leggere i loro valori vitali?" chiesi. Il copilota mosse le dita sui controlli ricollegando il sistema della nave alle tute spaziali di Chloe e Anghar.

"Anghar è critico. Livello di ossigeno al minimo. La sua tuta sta perdendo pressione e la sua temperatura corporea è bassa."

Cazzo. "E Chloe?" Lei ora non era più la Comandante Phan. Non per me. Era mia. Era Chloe. Era la mia compagna.

"Ossigeno basso. Temperatura stabile."

"Quanto tempo abbiamo?" chiesi.

Controllo il pannello. "Meno di cinque minuti."

"Vado a prenderli. Se nessuno di voi dure vuole venire, indossate una tuta spaziale e andate nella direzione opposta."

Il mio copilota grugnì come se l'avessi insultato, e suo cugino si inginocchiò dietro di noi. "Tu guida la navicella verso la rete. Sfondala. Io indosserò una tuta e andrò là fuori per recuperarli." Il guerriero Prillon si alzò, andò verso il retro dello shuttle e cominciò a indossare una tuta come quella di Chloe e Anghar. Dovevo avvicinarmi abbastanza.

"Prima dovremmo sparare alla rete," disse il mio copilota. "La nave è armata."

Allungai una mano verso i controlli dei cannoni. "Tenetevi pronti."

"Eccellente." Il Prillon ruggì dietro di noi e io aprii il fuoco, attento a mirare lontano dalla mia compagna che fluttuava, inerme.

Il colpo andò a segnò e la mina esplose, rilasciando un'ondata di energia che viaggiò percorrendo le linee invisibili verso la prossima mina... lungo la rete. L'intera rete crollò in una cascata di fuoco ed esplosioni che risuonarono così potenti da far oscillare il nostro shuttle. L'effetto onda di ogni esplosione spinse Anghar e Chloe ancora più lontano dallo shuttle.

"Vado a prenderli."

"Fallo." Il Prillon dietro di me sbatté la mano sui controlli manuali, sigillando il portellone e cacciando tutta l'aria dal retro dello shuttle. Si era agganciato a un punto di sicurezza, e dinanzi a lui si estendeva la fredda oscurità dello spazio. Accelerai verso la rete.

"Contatto in 3, 2, 1."

Lo scafo della nave andò a sbattere contro i frammenti esplosi di una delle mine. Il motore faceva fatica, ma io lo spinsi al massimo per oltrepassare la struttura ormai distrutta.

Accesi le comunicazioni. "Comandante Karter, qui è il Capitano Kanakar."

"Parla pure, Capitano." Il comandante mi rispose con voce

smozzicata, era indaffaratissimo, e riuscivo a sentire il caos sul ponte di comando scatenato dall'infuriare della battaglia.

"Abbiamo abbattuto la rete, signore. Il battaglione può procedere."

Ci giunsero le loro fragorose urla di gioia, ma io non sorrisi.

Non ancora. La mia compagna era ancora là fuori.

"Ricevuto, Capitano. E la Comandante Phan?"

"Non lo so ancora, signore. La stiamo recuperando proprio in questo momento."

"Che gli dèi siano con voi, Capitano." Le comunicazioni vennero chiuse e io mi sospinsi in avanti, verso i piccoli obiettivi fluttuanti che sapevo essere l'Atlan e la mia compagna.

Ci avvicinammo e digrignai i denti mentre il guerriero Prillon si gettava fuori dallo shuttle. Mi sembrava che fossero trascorse ore intere, ma in realtà il Prillon ritornò nel giro di pochi minuti, trascinando Chloe e Anghar con sé.

Li fece entrare nel retro dello shuttle e chiuse il portellone posteriore. Ci vollero dei lunghissimi minuti prima che il livello di pressione della stanza si rialzasse e il portellone interno si aprisse. Abbandonai i controlli affidandoli al copilota e corsi vicino a Chloe per sfilarle l'elmetto.

Mi guardò sbattendo le palpebre, lentamente, come se fosse stordita. Ma poi sorrise. "Ce l'abbiamo fatta."

"Sì, amore. Ce l'hai fatta. Ci hai salvati tutti." Mi inginocchiai e la strinsi forte. Il Prillon si tolse la tuta e si occupò dell'Atlan. Ci trovavamo nello spazio controllato dallo Sciame, al di là della rete distrutta, e io non volevo correre rischi. Ordinai al copilota di riportarci sulla Karter il più velocemente possibile.

_____

Chloe

La situazione sulla Karter era da pazzi. Quando il nostro piccolo shuttle atterrò, uno staff di supporto ci aiutò a scendere, aiutandoci a rimuovere le armi e l'armatura in eccesso.

Il comandante in persona mi si fece vicino ancora prima che mi fossi tolta la fondina.

"Comandante," disse. Mi fermai e mi rivolsi verso di lui. "Ben fatto." Guardò Atlan e il Prillon che lo stava aiutando.

"Ha bisogno di assistenza medica, signore," gli dissi. Dorian era in piedi di fianco a me. Attraverso il collare riuscivo a sentire la nostra connessione, una sensazione incredibilmente più intensa della sua mano sulla mia spalla. Esternamente, era calmo. Ma sapevo che si stava trattenendo.

"No, non ne ho bisogno," disse Angh, gli angoli della bocca inarcati da un lieve sorriso.

"Lavoro eccellente, Anghar. Ora va' nell'unità medica e fatti visitare. È un ordine."

Angh mi guardò. "Ti devo la vita."

Scossi il capo. "Ci siamo salvati a vicenda. Siamo pari."

La mia risposta non gli piacque molto, ma annuì e guardò il comandante. Scacciò il Prillon che lo stava aiutando. "Se devo andare dal medico, ci vado con le mie gambe," borbottò. Il suo tono scontroso mi fece capire che stava bene.

Lo guardammo mentre se ne andava. Gli altri si spostavano per farlo passare. Certo, gli erano deferenti a causa del suo grado, ma sembrava che, in qualche modo, sapessero che era stato lui a salvarci tutti quanti.

"Chloe!"

Udii il mio nome e allo stesso tempo sentii una calda

scarica di sollievo e possessività che mi invadeva il collare. Seth.

Mi girai e mi ritrovai sollevata tra le sue braccia, stretta in un abbraccio feroce che mi lasciò senza fiato.

"Capitano, lascia un po' di spazio al comandante," disse Karter.

Seth mi mise giù, ma senza lasciarmi andare. "Con tutto il rispetto, Comandante, Chloe ha attraversato la rete dentro a una cazzo di tuta spaziale e ha piazzato delle cariche esplosive per far saltare in aria quella cazzo di nave madre. Una volta distrutta, è bastato un colpo per abbattere l'intera rete. È stata folle e coraggiosa, e se voglio abbracciarla, beh, lo faccio."

Oh, merda.

Il comandante studiò Seth in silenzio. Sentii l'audacia del mio compagno investirmi attraverso il collare.

"Sono d'accordo," rispose infine il comandante. "Stringi pure la tua compagna. Ve lo siete meritato. Tutti e due."

Dorian si schiarì la gola e Karter scosse la testa. "Tutti e tre."

"Che cazzo credevi di fare, Phan? Sei andata contro i miei ordini!" La voce di Bruvan attraversò poderosa la base di lancio. Si avvicinava a noi a grandi passi, seguito dal resto della sua squadra. I suoi uomini non erano ostili, forse solo un po' curiosi.

La sua voce, il suo atteggiamento, il solo fatto che esistesse, mi fece rizzare i peli del collo.

Seth mi lascio andare, andò verso Bruvan e gli diedi un pugno in faccia. Io restai lì, immobile, stupefatta.

Bruvan si piegò in due, le mani sul naso, imprecando. Eh già, a giudicare dal disgustoso scricchiolio delle ossa, Seth glielo aveva rotto, non c'era dubbio.

"Gettatemi pure in cella, Comandante. Non me ne frega

un cazzo," disse Seth abbracciandomi di nuovo. Riuscivo a sentire la sua furia, il suo respiro affannoso.

"L'hanno visto tutti. Siete tutti testimoni. Comandante, devi –"

"Smettila di parlare," disse Karter.

Bruvan si raddrizzò lentamente, le mani ancora sul naso, il sangue che gli colava dal mento e sull'armatura.

"Ma hanno disobbedito agli ordini e il capitano mi ha assalito."

"Sì, l'hanno fatto, ed è grazie a loro che l'intero battaglione non si trova sotto il controllo dello Sciame. Per quanto riguarda il pugno, beh, se non ci avesse pensato il Capitano Mills ci avrei pensato io. Ma non va bene se il comandante dell'intero battaglione colpisce uno dei suoi subordinati. O dovrei dire insubordinati?"

Bruvan strinse gli occhi. Respirava attraverso la bocca.

"Ho sentito le vostre comunicazioni, Comandante. Quello che hai detto al tuo team, come hai lasciato l'altro shuttle con le mani legate. Il resoconto che Dorian ha fornito alla squadra ReCon. Tutto quanto. Sarai anche abituato a lavorare nella segretezza, ma qui non funziona così."

Sentii la mano di Dorian poggiarsi di nuovo sulla mia spalla.

"Le tue sono state azioni sconsiderate, che vanno contro il protocollo. E io, qui ed ora, ti degrado dal tuo ruolo di comandante, e sarà la giuria a decidere come punirti."

Ero letteralmente esterrefatta. Era il karma.

Bruvan cominciò a starnazzare e a dire stronzate su come l'intelligence avrebbe insabbiato tutte le trasmissioni, che lui non aveva fatto niente di strano."

"Niente di strano? Se consideri le tue azioni come normali, allora dovrò farmi una bella chiacchierata con quelli dell'intelligence riguardo le tue missioni passate."

Il Comandante Karter fece cennò a una squadra della sicurezza. "Riportate Bruvan nei suoi alloggi. Sorveglianza continua."

Nel giro di un secondo, la mia nemesi venne trascinata via e io sperai con tutto il cuore che quella fosse l'ultima volta che lo avrei visto

"E tu, Comandante Phan."

"Signore?"

"Puoi andare. Dormi un po'. I tuoi compagni hanno il permesso di tenerti con loro nei vostri alloggi per dodici ore. Se ti vedo prima di allora, anche tu verrai degradata."

Seth si sporse in avanti, e sentii il suo respiro caldo alitarmi sull'orecchio. "Non ti preoccupare, non faremo niente di degradante. Lo amerai."

hloe, quindici ore dopo...

"STARAI BENE?" chiesi ad Angh. Ci trovavamo nella stanza di trasporto, ma in disparte. Tutti quanti si erano tolti le loro tute spaziali, ma la maggior parte dei guerrieri erano ancora ricoperti di sudore, paura e guerra. Non si erano una presi una pausa come avevo fatto io. Ma eravamo tutti qui. E quella era una vittoria che non sarebbe mai stata possibile senza l'enorme Atlan in piedi davanti a me. Sapevo che i miei compagni mi stavano guardando, ma io riuscivo a vedere solo lui. Era macilento, come se non si fosse riposato per niente. Indossava ancora l'armatura, non avevo idea se avesse mangiato o dormito o se si fosse preso un attimo di pausa, da quando eravamo ritornati.

Da quando eravamo ritornati dalla battaglia, i miei uomini non si erano allontanati mai troppo. Anzi, non avevamo fatto altro che arrampicarci sul letto, tenerci stretti e dormire. Mi avevano spogliata, eravamo rimasti tutti e tre nudi, ma non avevamo fatto altro che stringerci l'un l'altro, e io mi ero ritrovata distesa per metà sul corpo asciutto di Seth, e con Dorian accoccolato dietro di me. Non potevo biasimarli perché volevano toccarmi. Anche io sentivo lo stesso bisogno, il bisogno di tenerli stretti a me. E ora, nella stanza di trasporto, sebbene riuscissi a sentirli attraverso il collare, avevo bisogno di vederli, di vedere con i miei stessi occhi che stavano bene.

Di qualunque attenzione medica avesse avuto bisogno Angh, era stata una cosa veloce, e ora era già pronto ad andare oltre. La sua vita non era più qui. Il suo futuro era sulla Colonia.

Angh annuì. "Sì, Comandante."

Dentro di me alzai gli occhi al cielo. "Siamo stati in battaglia insieme. Anzi, forse anche di più." Mi portai la mano sulla testa e fui sollevata nel sentire che l'NP che avevo nella testa se ne stava tranquilla. Eppure, il ronzio era sempre lì, un qualcosa di indefinibile che mi avrebbe per sempre connesso a questo Atlan, agli altri guerrieri contaminati, e allo Sciame. "Penso che possiamo pure evitare le formalità, Angh, non credi?"

Si rilassò appena e annuì di nuovo. "Sì, Signora Chloe."

Beh, non era proprio un tono informale, ma sembrava fosse il meglio che poteva fare, e in qualche modo lo trovavo tenero. Non era di molte parole, ma volevo sapere che sarebbe stato bene. "Hai l'opportunità di ricominciare daccapo. Ho sentito che la Colonia è un gran bel posto." Sembravo un agente immobiliare della Terra che provava a rifilargli una casa in un quartiere squallido. Erano parole vuote. "Lì ci sono molte spose della Terra. Forse troverai una compagna?"

Angh spalancò la bocca, incredulo, come se non avesse mai considerato quest'eventualità.

"In questo stato? Te lo assicuro, Comandante, voglio dire, Signora Chloe, i test non riusciranno ad abbinarmi a nessuno."

"Qualunque donna sarebbe fortunata ad averti." Lo pensavo veramente, e avrei attaccato chiunque avesse detto il contrario. "Ti sei guadagnato il diritto di essere felice. Sei un guerriero eccellente."

"Grazie."

Il Comandante Karter si unì a noi e diede una vigorosa pacca sulla schiena di Angh. "Le coordinate sono state caricate. Il trasporto è pronto."

Angh si inchinò e poi si mosse per stringere le mani degli altri guerrieri. Si fermò davanti a Seth.

"Nessun rancore?" chiese Seth. Riuscii a sentire la preoccupazione che provava per Angh. Io non c'ero, ma mi era stato detto che Angh aveva chiesto a Seth di ucciderlo, di porre fine alla sua miseria. Ma Seth aveva deciso di salvarlo, di stenderlo al tappeto e di portarlo via da quella nave. Angh era così sotto il controllo dello Sciame da preferire la morte. Morire da guerriero era forse un destino migliore. Ma con Angh, i medici erano stati in grado di rimuovere parte degli innesti, anche se di certo non tutti. Se lo avesse voluto, avrebbe potuto vivere ancora a lungo. Avere una vita piena. Una compagna, dei figli, una nuova carriera all'interno della Coalizione. Doveva solo volerlo.

"Grazie per avermi salvato la vita," rispose Angh. "Non te l'ho mai detto prima, perdonami. La battaglia mi ha dimostrato che sono ancora un guerriero, che posso ancora rendermi utile."

Non ero sicura che Angh credesse alle sue stesse parole. Sperai che gli altri guerrieri che si trovavano sulla Colonia, quei guerrieri che avevano vissuto un orrore simile ed erano sopravvissuti riuscissero ad aiutarlo come noi non avremmo mai potuto di fare.

"Teniamoci in contatto, Angh. È un ordine." La bestia mi rispose con un ghigno.

Seth gli poggiò la mano sul braccio, la cosa più vicina ad un abbraccio tra maschi che avessi mai visto sulla Karter.

Angh salutò tutti e poi salì sulla piattaforma di trasporto. Senza tante cerimonie, annuì e subito sentimmo lo sfrigolio del trasporto che faceva tremare il pavimento e rizzare a tutti i peli del collo.

Bastarono due secondi e Angh era sparito. Verso una nuova vita. Al sicuro dallo Sciame e, si sperava, in un luogo dove avrebbe potuto trovare la pace e la felicità. E se fossi riuscita a mettermi in contatto con la Custode Egara o con le terrestri sulla Colonia, forse sarei riuscita a trovargli una compagna, una sposa tutta per sé. Forse ci avrebbe pensato la sua bestialitá a costringerlo a mettersi alla ricerca di una donna. Sapevo che gli Atlan potevano cadere preda di una specie di febbre, e che dovevano trovare una compagna al più presto, o altrimenti impazzivano e dovevano essere giustiziati.

Quel pensiero mi rattristò, e mi ripromisi di contattare la custode il prima possibile. Forse lei avrebbe potuto fare qualcosa. Ne dubitavo, ma potevo sempre chiedere.

Seth mi mise il braccio attorno alla vita e mi strappò dai miei pensieri. Mi girai verso di lui e vidi che stava sorridendo. "Pronta?" chiese.

Annuii leggermente e lui mi fece voltare verso Dorian. Ovviamente lo sapevano tutti che loro erano i miei compagni, ma eravamo d'accordo che non avremmo più manifestato il nostro affetto in pubblico. Nella privacy dei nostri alloggi, potevamo toccarci ed abbracciarci quanto volevamo, ma solo lì. Quando eravamo da soli. Amavo i miei compagni, ma per una comandante non era un atteggiamento professionale sbaciucchiarsi nei corridoi come gli adolescenti. Qui fuori gli avevo detto di trattenersi, e loro rispettavano la mia volontà.

La sua mano sul mio fianco era una concessione ragionevole. Mi faceva stare bene.

Mentre dormivamo il Comandante Karter aveva annunciato che tutti quelli che avevano partecipato alla Battaglia della Bestia – come l'avevano ribattezzata – potevano evitare di andare in missione per tre giorni, anche se avrebbero dovuto continuare a darsi da fare sulla nave.

Guardammo Angh che spariva dalla piattaforma.

"Capitani," disse il Comandante Karter. I miei compagni si voltarono e gli fecero il saluto. Io, in piedi in mezzo a loro, feci lo stesso. "Ho dato a tutti voi due giorni di permesso. La dottoressa non pensa che la Comandante Phan sia pronta per ritornare a lavoro. C'è qualcosa nei suoi percorsi neurali che ha bisogno di più tempo per rimettersi in sesto."

Mi accigliai sentendo la risposta di Dorian: "Perché non sono stato informato? È inaccettabile. Vado subito a parlarne con la dottoressa." Il fatto di rispondere male all'altro guerriero Prillon, al nostro comandante, non sembrava preoccuparlo minimante.

"Calma, Dorian. Perché pensi che io sia qui?"

Seth contrasse la mascella con forza, i pugni serrati. Scosse il capo così lievemente che a malapena lo notai.

"Capitano Mills?"

"Sto bene, Comandante. Ma non la lascerò sola fino a quando il medico non l'ha controllata."

Il comandante guardò i miei compagni, poi me. "Non posso biasimarti. Dopo solo poche ore dal suo arrivo, ho spedito la tua compagna in una pericolosa missione che l'ha quasi uccisa. Capisco il tuo bisogno di proteggerla –"

"Comandante, con tutto il rispetto no, lei non lo capisce. Non ancora. Non fino a quando non avrà una sua compagna." Dorian fece un passo in avanti e mi poggiò la mano sul braccio, come se dovesse proteggermi dal comandante. Mi aspettavo che il Prillon si offendesse, ma sembrava comprendere quei modi da cavernicolo, anzi, forse addirittura vedeva con favore la natura primitiva di Dorian.

Il Comandante Karter fece un leggero inchino verso di me. "Signora Mills, in base al colore dei vostri collari, è ovvio che devi ancora reclamare questi due come tuoi compagni."

Arrossii. Non c'era dubbio che avessimo scopato come conigli quella prima note, ma i collari non mentivano riguardo alla mancanza di una reclamazione ufficiale. Lui lo sapeva, anche lui era un Prillon. Seth e Dorian dovevano scoparmi allo stesso tempo, dovevano riempirmi con il loro seme. Solo allora i nostri collari avrebbero cambiato colore e l'abbinamento sarebbe stato completo. Era come pronunciare le promesse nuziali, tranne che io avrei avuto due cazzi dentro di me. Non si tornava indietro. A differenza della Terra, qui il divorzio non esisteva.

"Quarantott'ore, soldati. Non vi voglio vedere prima di allora. Non voglio che i vostri supervisori vengano a riferirmi che siete usciti per andare in missione. Per quanto mi riguarda, siete in permesso. E per quanto riguarda il ruolo di comando della vostra compagna, ho bisogno che lei torni al proprio posto, sana e felice, il prima possibile."

"Con tutto il rispetto, Comandante, voglio che la mia compagna non vada più in missione." La voce di Seth era fredda come il ghiaccio.

Aprii la bocca per protestare, ma il Comandante mi batté sul tempo. "Lo Sciame ha posto una trappola. Potrebbero essercene altre. Lei ha salvato l'intero battaglione. Ha salvato anche le vostre vite."

"Sì, signore, ma questo non vuol dire che può correre altri pericoli," disse Seth. Mi strinse la mano attorno alla vita e ci fece voltare per uscire dalla stanza di trasporto.

"Se avrò bisogno di lei, ci andrà. C'è solo un modo per far sì che se ne resti seduta sul mio ponte, Capitano. Conosce le regole."

"Sì, le conosciamo." Quello era Dorian, che sorrideva. Che diavolo stava succedendo?

"E, Capitani?" Ci voltammo per guardare il comandante. Ci indicò e disse: "Fate diventare quei collari del colore giusto, dannazione."

Pensavo di essere arrossita, ma ora era come se la faccia mi andasse a fuoco. Niente era paragonabile al tuo capo che ti diceva di andare a farti penetrare da due cazzi.

Dorian mi si mise di fianco. Mi sentivo piccola, protetta e un po' spaesata. "Che cosa voleva dire Karter?"

"Che vuole che ti scopiamo fino a quando non sarai reclamata per bene," disse Dorian. "Fino a quando i nostri collari non diventano dorati." Era così calmo e tranquillo, un tono che avrebbe potuto usare per parlare della cena o del tempo – anche se il tempo sulla nave era sempre lo stesso.

Alzai gli occhi al cielo e Seth mi vide e sogghignò. "Non quello. L'altra cosa."

Dorian salutò con un cenno del capo qualcuno che stava passato e poi svoltammo l'angolo per imboccare un altro corridoio. "Sull'andare fuori in missione?"

"Sì," risposi accertandomi che non continuasse a spiattellare altri dettagli su loro che mi reclamavano, come su chi si sarebbe occupato della mia fica e chi del mio culo. Non mi importava chi avrebbe fatto cosa, e chiedermi cosa mi avrebbero fatto era… eccitante.

"In quanto comandante, Karter ha le mani legate. *Deve* mandare i soldati più abili in missione. È disposto a rischiare tutto e tutti pur di salvare l'equipaggio, pur di sconfiggere lo Sciame."

"Giusto," dissi provando a farlo proseguire. Perché doveva essere così paziente?

Forse Seth percepì la mia irritazione, perché fu lui a continuare. "C'è solo una cosa che renderebbe impossibile farti andare di nuovo in missione."

"E cioè?"

"Se resti incinta. Sono disposti a rischiare i soldati. Gli ufficiali. Intere navi, ma la Coalizione non rischia mai i propri bambini. Ogni guerriero qui lotta per proteggerli."

Rallentai. Loro proseguirono un altro paio di passi e poi si fermarono.

"E quindi volete passare i prossimi due giorni a provare a mettermi incinta così che... cosa? Che io possa restare incatenata a una scrivania?"

Dorian mi si avvicinò, mi afferrò il mento e mi guardò dritta negli occhi. "Questo è quello che ha detto il comandante, non quello che intendeva. Vieni, parleremo di tutta la faccenda della riproduzione nei nostri alloggi."

Sbigottii. "Riproduzione? Parli come se fossi una mucca."

Dorian sorrise e mi prese la mano. Seth mi fece l'occhiolino.

Grazie ai collari sentii che non stavano parlando sul serio.

Una volta nei nostri alloggi, una volta che la porta si fu chiusa, mi misi a braccia conserte e battei il piede. In attesa. "Spero ne valga la pena."

"Abbiamo già parlato dell'avere figli," cominciò a dire Seth. Si slacciò la fondina che aveva legata attorno alla coscia e se la tolse. "Diamine, siamo venuti così tante volte dentro di te che potresti benissimo già essere incinta."

I miei muscoli interni si contrassero. Aveva ragione. Le prime volte che eravamo stati insieme non avevo pensato ai bambini, a niente del genere, sebbene la possibilità ci fosse sempre. Eppure, non mi ero nemmeno mai sognata di poter tornare nello spazio, come operativa, di rischiare di nuovo la mia vita. Lavoro d'ufficio. Non m'aspettavo nient'altro. Ma ora il Comandante Karter mi offriva così tanto. Per la prima volta da quando avevo incontrato i miei compagni, mi sentivo divisa in due.

Feci per parlare ma Dorian sollevò la mano. "L'hai deciso appena sei arrivata, che eri pronta ad avere dei figli."

"Quello era prima che mi richiamassero in servizio. Prima che Karter scoprisse quale fosse stato il mio lavoro."

"Esatto," disse Seth poggiando la pistola sul tavolo. "Le cose ora sono cambiate. Non sei più solo la nostra compagna. Hai un lavoro importante, e Karter continuerà ad avere bisogno di te. Il tuo lavoro salverà delle vite."

Pronunciò le ultime parole come se stesse ringhiando. Sentivo che il fatto che andassi in missione non lo faceva felice, ma non lo diceva apertamente.

"Devi decidere, Chloe. Devi decidere quello che vuoi. Se vuoi lavorare con il comandante e l'intelligence, la decisione spetta a te. Non saremo noi a fermarti."

Quello mi bloccò. Il mio cervello si impallò. "Che vuoi dire? Che voi due mi lascerete andare in missione senza problemi?"

"Noi non vogliamo che tu ti offra volontaria, questo no," ammise Seth. Si girò e mi guardò negli occhi. "Ma se Karter ritiene che tu sia la candidata migliore per una missione, allora sì. Certo, ci andrai. Ma noi non smetteremo di scoparti. Per niente al mondo, dolcezza. Ma adesso andiamo subito dal medico per farti iniettare i contraccettivi. Possiamo aspettare fino a quando tu non ti sentirai pronta."

Guardai Dorian. Stava annuendo.

Avevo detto loro che li amavo. Lo sapevano. Lo sentivano.

Ma ora, dopo che Seth si era aperto con me, li amavo ancora di più. Era come se fossi il Grinch e il mio cuore finalmente stesse cominciando a crescere.

Le lacrime mi rotolarono sulle guance e le asciugai con furia. Mi schiarii la gola, non sapevo cosa dire. "Io, uhm… sì."

"Sì, vuoi i contraccettivi?" chiese Dorian.

Annuii, poi scossi il capo, insicura. Era una cosa da pazzi.

"Mi sono offerta come sposa per poter lasciare la Terra. Non mi trovavo più a mio agio. Non vi appartenevo più. Non avevo la minima intenzione di ritornare nell'intelligence, l'avete visto Bruvan. Lo capite perché non ci pensavo proprio a ritornarci. Ma non sarei stata nemmeno contata a passare la vita a sognare a occhi aperti."

Dorian sembrava confuso. Forse non capiva quel modo di dire. Si appoggiò al tavolo e incrociò le caviglie. Seth tirò fuori una sedia, si sedette. Io ero lì, in piedi di fronte a loro, e mi lasciai andare. Era questo il momento giusto. Basta segreti – la missione aveva risolto questo tipo di problema – e Karter ci aveva dato due giorni di permesso.

"Quindi la prima volta che abbiamo parlato dell'avere figli, io ero seria. Poi sono successe tutte quelle cose e, ad essere onesta, non ci ho proprio pensato a fare dei figli. Voglio dire, era a questo quello a cui pensavate nel bel mezzo della battaglia? A mettermi incinta?"

Seth contrasse la mascella. "Oltre a dover gestire quel macello, l'unica cosa a cui pensavo era la tua incolumità. E non solo la tua, quella di tutti quelli in missione."

"Che intendi per 'macello'?" chiese Dorian. "Comunque, no, un figlio non era esattamente il primo dei miei pensieri. Ero troppo occupato a evitare che ci facessero saltare in aria."

"E quindi prima che mi riempiate con il vostro seme," dissi guardando Seth, "penso proprio che dovreste sapere come la penso."

Rimasero in silenzio.

"Voglio lavorare con il Comandante Karter. Non posso starmene con le mani in mano mentre lo Sciame vince la guerra, non quando so di poter essere d'aiuto. Se Karter pensa che ci sia bisogno di me, voglio andare in missione. Ho un lavoro da svolgere, proprio come voi. Non posso non fare niente. Moriranno altri guerrieri, se non faccio la mia parte. E questo non mi va bene. Non posso vivere con questo pensiero."

"Pensi che saresti giunta alla stessa conclusione se Karter non avesse scoperto chi sei?" chiese Dorian.

Feci spallucce. "Non lo so. Forse. Sulla Terra non ero felice. Ne ho viste troppe, ho lavorato troppo a lungo per la Coalizione per ritornare a una vita normale."

"E quindi?" chiese Seth.

Sospirai. "Voglio continuare a lavorare, ma voglio anche avere dei figli. Ora. Quando resterò incinta, me ne starò sul ponte di comando, ma una volta che sarò di nuovo in forma, voglio andare in missione. Ma solo se avrò voi a pensare al bambino. A tutti i bambini che potremmo avere. Proprio come Dorian è il tuo secondo, Seth, devo sapere che vi prenderete entrambi cura dei nostri bambini, dovesse succedermi qualcosa."

Sentii la paura, il dolore, la frustrazione e l'amore che turbinavano tutti assieme attraverso i nostri collari.

"Non è ortodosso," disse Dorian scuotendo lentamente il capo. Riuscivo a percepire il suo stupore. "Tre guerrieri della Coalizione."

Seth si alzò e mi venne vicino. Mi scostò i capelli dietro l'orecchio e mi guardò negli occhi. "Hai la mia parola, di padre e di soldato della Coalizione, che Dorian ed io ci prenderemo cura di tutti i bambini che avremo."

Dorian si avvicinò a noi. Ero quasi circondata, e lo adoravo. "Onore di Prillon, compagna. Te lo giuro."

Seth esalò aspramente. "Non voglio che tu vada in missione troppo presto. Mi ci vorrà un po' di tempo per abituarmici, per farmelo andare bene. Ed ecco cosa faremo."

"Uh oh. Ecco Mr. Dominatore," dissi scherzando.

Lui sorrise, ma la sua voce si abbassò in quel modo che mi faceva bagnare le mutandine e inturgidire i capezzoli. "Per i prossimi due giorni ti scoperemo, dolcezza. Quando tornerai sul ponte di comando farai impazzire tutti i sensori medici."

Scoppiai a ridere. "Che cazzone..."

"A proposito di cazzi," rispose lui e io alzai gli occhi al cielo.

"Tu vuoi un bambino, e noi te ne daremo uno. Ma prima," Dorian mi portò una mano sul collare, "voglio che questo diventi dorato. Ho bisogno di reclamarti, ti rendere il nostro legame ufficiale e infrangibile. Ho bisogno di te, Chloe." Mi afferrò il mento tra le dita e mi fece voltare la testa così da farsi guardare negli occhi. "Seth è il tuo compagno primario, ma i collari sono una tradizione che appartiene a me." Dorian guardò Seth. Seth gli fece cenno di continuare. "Accetti la rivendicazione di Seth, compagna? Ti concedi a lui e a me liberamente, oppure desideri scegliere un altro maschio primario."

Mi guardarono, e per la prima volta scorsi vulnerabilità nei loro occhi. In questo momento potevo distruggere il nostro legame. Reciderlo. Potevo rinnegare il nostro abbinamento. Rifiutare Seth e farmi abbinare a qualcun altro. Ma io non lo volevo. La nostra connessione era stata istantanea. E io volevo rafforzarla, non spezzarla.

"Seth, se fossimo stati sulla Terra, ti avrei detto 'sì, lo voglio', e tutti mi avresti dato un bellissimo anello. Ma noi non siamo sulla Terra e probabilmente finirei col tagliare qualcuno col mio grosso diamante. Io sono qui con te, tra di voi, perché sono fiera di accettarvi entrambi come miei compagni. Solo voi due. Niente secondo, niente compagno primario. Siete miei allo stesso modo."

Dorian mi afferrò il fianco e me lo strizzò. "Ti rivendico ufficialmente. Adesso sei mia, e ucciderò qualunque altro guerriero osi toccarti."

"Sono d'accordo," aggiunse Seth. "Io sono uno stronzo possessivo, e nessuno ti farà mai del male. Nessuno ti toccherà. Né ti guarderà con desiderio."

Non potei non sorridere. Sapevo che questo momento era la cosa più vicina a un matrimonio che avrei mai avuto. Ero in piedi di fronte a loro, nella mia uniforme tutta nera, ma senza armatura. Non stavo andando in missione, e dunque non era necessario.

"E quindi, come funziona? La rivendicazione?"

Gli sguardi degli uomini si fecero primitivi.

"Ti scopiamo assieme," disse Dorian. "Siccome Seth è il tuo compagno primario, sarà lui a scegliere quale buco vuole reclamare."

Seth mi afferrò l'orlo della maglia e cominciò a tirarlo. "Ha appena detto che non c'è nessun compagno primario."

"Non sei tu il Dominatore, qui?" chiese Dorian sollevando le sopracciglia. "E allora comportati da tale."

Il sorriso di Seth scivolò via e lui indietreggiò lasciandomi lì con la maglietta mezza arrotolata su.

"Dorian ha ragione," disse Seth con voce chiara. Indicò la porta. "Dietro quella porta, comando io. Spogliati, compagna. Mostraci quello che è nostro."

Oh, sì, ecco la versione di Seth che mi faceva eccitare. Mi leccai le labbra che improvvisamente si erano seccate. Dorian fece un passo indietro e si appoggiò di nuovo al tavolo. Incrociò le braccia sul petto. Mi guardò famelico. A Seth piaceva il controllo, e Dorian si eccitava a vedermi sottomessa.

Mi tolsi la maglietta. Lasciai che mi scivolasse dalle mani e che finisse sul pavimento. Seth ruotò il dito in aria per farmi cenno di continuare, il suo sguardò che vagava sul mio corpo mentre mi spogliavo.

Solo quando fui nuda si mossero. E quando lo fecero, mi ritrovai gettata sulla spalla di Seth e trasportata verso il letto su cui fui gettata senza tante cerimonie. Vi rimbalzai sopra e mi misi in ginocchio.

"Ah, proprio dove ti vogliamo." Seth cominciò a slacciarsi i pantaloni, Dorian poco dietro di lui.

I loro cazzi che spuntavano fuori – mentre il resto dei loro corpi era completamente coperto – mi ricordarono quale fosse il mio posto, almeno qui in camera da letto. Qui ero io quella che eseguiva gli ordini, che faceva come le veniva detto, e senza discutere. Ma non c'era nemmeno bisogno delle parole, sapevo esattamente quello che si aspettavano da me. Strisciai in avanti e mi piegai per afferrare il cazzo di Dorian nella mano mentre prendevo quello di Seth in bocca. Gemettero entrambi e io cominciai a darmi da fare, muovendo su e giù la mano sull'asta di Dorian, raccogliendo la pre-eiaculazione sul pollice e mulinando la lingua sulla punga ingrossata di Seth.

"Brava ragazza. Preparaci, così potremo reclamarti per bene."

Non mi fermai, ma vedendo che nella bocca e nella mano avevo come delle sbarre di metallo, non potei fare a meno di chiedermi di quanta preparazione avessero ancora bisogno.

Dopo un minuto, li scambiai, prendendo Dorian in bocca, il più a fondo possibile, il movimento facilitato dalla saliva. Avevano dei sapori diversi, e io li amavo entrambi. Non avevo idea che ognuno di loro avesse il proprio stile di cazzo.

"Basta," ringhiò Dorian tirandomi gentilmente per i capelli per farmi smettere. "Girati. A quattro zampe."

Mi leccai le labbra e li guardai da sottinsù. Vidi che le loro guance erano arrossate, i loro muscoli tesi. I loro occhi si erano fatti più scuri, più caldi, più predatori. Ed ero io la loro preda. Mi girai lentamente e mi sistemai come mi volevano. Quando non sentii il minimo rumore, nemmeno il loro respiro, capii che mi stavano guardando il culo. Con le ginocchia allargate, la mia fica e il mio culo erano pronti e in bella mostra.

"Hai preso i dildo e ti sei preparata per bene, ora il tuo culo è pronto per i nostri cazzi. Ma nessuno dei dildi è grosso quanto noi. Ci entreremo a malapena." Dorian stava semplicemente dicendo le cose come stavano. Io lo sapevo, mi ero già preparata mentalmente.

Il solo pensiero mi fece contrarre la fica. Quando ero arrivata, avevamo scopato e i loro cazzi mi avevano allargato la fica. Sapevo che sarebbe stata dura con un cazzo su per il culo. E non era solo quello, ne avrei avuto un altro anche nella fica.

"Sono pronta," dissi con un sospiro e agitando i fianchi.

Sentii che un dito mi penetrava. "Sì, lo vediamo," aggiunse Seth. "La tua fica è bagnatissima, ma dobbiamo lubrificare anche questo tuo bel culetto. Non vogliamo farti del male."

Il lubrificante vischioso venne cosparso sulla mia apertura più stretta. Delle dita cominciarono a ruotare e a premere, per cospargerlo per bene. Ne fu aggiunto dell'altro, e il mio corpo si aprì per accoglierlo, per farsi lubrificare da quel gel freddo. E mentre uno dei miei compagni mi stava preparando il culo, l'altro allungò una mano per afferrarmi i seni, ci giocò, li tirò e mi pizzicò i capezzoli.

Non ci volle molto prima che cominciassi a contorcermi,

a muovere i fianchi per far entrare più a fondo il dito che avevo nel culo. Ero pronta.

Non dovevo dire niente. Sentii un cazzo premermi contro la fica, scivolare dentro di me, come se sapesse esattamente dove voleva essere. Dentro di me.

Gettai la testa all'indietro e gemetti. Lo riconobbi, era il cazzo di Seth. Quando scopava lui era quello più esigente, più rude. E il suo pollice si infilò ancora di più dentro di me. Venivo penetrata in entrambi i miei buchi.

"Ci siamo quasi, dolcezza."

Non aveva intenzione di restarmi nella fica. Sapevo che sarebbe stato lui a scoparmi nel culo. Mi stava semplicemente preparando, voleva farmi eccitare e portarmi sull'orlo dell'orgasmo prima ancora che venissi penetrata da entrambi.

Ci avevo visto giusto. Nel giro di un minuto, Seth si sfilò da dentro di me e Dorian smise di giocare con i miei seni. Dorian si tolse la maglietta, si abbassò i pantaloni e si distese sul letto, le ginocchia piegate e i piedi poggiati sul pavimento.

"Vieni qui, compagna." I suoi occhi pallidi incontrarono i miei. Era pronto. Il suo cazzo puntava dritto verso il soffitto, era lungo e spesso, e lo immaginai mentre mi penetrava fino a fondo. Il cazzo di Seth non aveva fatto altro che rendermi più bisognosa che mai. Mi arrampicai sopra di lui, ansiosa di cavalcarlo. Mi sollevai, posizionai il suo cazzo sotto di me, proprio lì dove voleva essere.

Guardai Seth. Sapevo che era lui che comandava.

"Brava ragazza. Prendilo fino in fondo. Scopalo. Cavalcalo fino a quando non stai quasi per venire. E poi fermati."

Gemetti. Sapevo che, una volta cominciato, era impossibile fermare il piacere che mi avrebbero procurato loro due.

"Ti fermerai prima di venire, dolcezza, o ti sculacceremo prima di reclamarti."

Gemetti e pensai che in fondo forse non sarebbe stata una cattiva idea.

Dorian gemette. "Merda, le piace l'idea."

Set sorrise. "Sì che le piace. Ci proveremo un'altra volta. Non preoccuparti, ti sculacceremo tutte le volte che vorrai. Ma ora, ora dobbiamo reclamarti."

Dorian mi afferrò per i fianchi e mi fece abbassare su di lui, lentamente, senza interruzioni, fino a quando non mi ritrovai di nuovo seduta sulle sue cosce.

Sussultai, mi sentivo così piena... ed ero felice di sentirmi di nuovo penetrata fino in fondo. Dorian gemette e mi strinse le dita nella carne. Si spinse in su, poi mi fece abbassare di nuovo, scopandomi come più gli piaceva. Era più che pronto a reclamarmi. Aveva la fronte imperlata di sudore e la mascella contratta. Ogni volta che respirava, gli si allargavano le narici, come un toro.

Con l'angolo dell'occhio vidi Seth che si spogliava e si cospargeva il lubrificante sul cazzo. Ma non gli prestai troppa attenzione. Riuscivo a pensare solo alla presa salda di Dorian.

Quando sentii la mano di Seth sulla mia spalla, Dorian si fermò, il suo cazzo incastonato dentro di me. Mi fece abbassare per darmi un bacio, i nostri corpi si toccarono, i miei seni premettero con forza contro il suo petto duro.

Il cazzo di Seth si appoggiò dietro di me. Mi aveva preparata per bene, ero tutta unta, e il mio buchetto stretto era pronto ad essere violato. Non era mai stato penetrato da un cazzo, specie da uno grosso come quello di Seth.

Gemetti contro la bocca di Dorian e lui continuò a baciarmi, mentre Seth si spingeva contro di me, persuadeva il mio corpo ad aprirsi per lui. Non ci volle molto, perché in qualche modo sapevo che era questo quello che volevo. Il mio corpo e la mia mente cedettero, si arresero a Seth. Non si sarebbe fermato. Oh, avrei potuto dirgli di no, certo, e lui avrebbe smesso immediatamente. Ma io volevo il suo dominio. Questa era la sottomissione finale.

Stando così in mezzo a loro, mi sentivo perfettamente al sicuro, eppure del tutto vulnerabile. Ero nuda, accettavo qualcosa che fosse un tabù sul nostro pianeta. Eppure, qui, assieme ai miei compagni, era perfetto. Era esattamente quello che noi tre avevamo bisogno di fare per provare a noi stessi che eravamo al sicuro, sani, insieme. Che eravamo un tutt'uno e che ero io a legarci l'uno all'altro. Il mio corpo ci connetteva fisicamente, ma i collari collegavano le nostre menti.

Il cazzo di Seth mi penetrò e rimase lì, fermo, lasciandomi il tempo di adattarmi prima che cominciasse a scoparmi, avanti e indietro. Ero loro. Completamente. Totalmente.

Una volta che Seth fu dentro di me, cominciarono a muoversi entrambi. I nostri respiri erano pesanti, e i loro cazzi che scivolavano lenti erano l'unica cosa a cui riuscivo a pensare.

Non potevo fare nulla. Non potevo muovermi, non potevo pensare. Potevo solo godere mentre loro mi riempivano fino quasi a farmi male, ma senza mai oltrepassare il limite. Mi stavano dando tutto quello di cui avevo bisogno, e poi addirittura qualcosa in più. Più di quanto non avessi mai immaginato.

E quando venni, non riuscii a trattenermi, il piacere fu troppo intenso. I collari mi fecero percepire anche il loro piacere. Sentii quanto gli piacesse penetrarmi allo stesso tempo, quanto fossi stretta, quando fosse incredibile il legame che ci univa.

Turbinò e aumentò, crebbe ed esplose. Urlai, totalmente incapace di trattenermi. Loro continuarono a muoversi, a martellarmi con i loro cazzi e poi vennero. Sentii il fiotto caldo del loro seme che mi riempiva e il collare attorno al mio collo che si scaldava.

Anche senza vederlo, sapevo che il collare era diventato dorato. La rivendicazione era ora ufficiale. Avevo i loro cazzi, il loro sperma, i loro cuori. Tutto.

E con loro dentro di me, anche loro sapevano che mi possedevano tutta.

Forse era una comandante, ma ora, in mezzo ai miei compagni, ero solamente Chloe Phan. No, ero la Signora Mills. Avevano combattuto per me. Non solo contro lo Sciame, contro il Comandante Karter, ma anche contro me stessa.

Ma ora, ora mi ero sottomessa. Niente più lotte. Ora ero la loro compagna, e lo sarei sempre stata.

EPILOGO

Seth, diciannove mesi dopo

ERA STATO un giorno lungo ed estenuante. La missione mi aveva strappato dal mio letto. Quelle erano le chiamate che odiavo più di tutte. Quelle che arrivavo quando Chloe se ne stava accoccolata di schiena contro di me, come due cucchiai nel cassetto. Il mio braccio appeso su di lei, il palmo della mano posizionato in modo perfetto per afferrarle il seno. Dormivamo sempre così, a meno che Dorian non se la prendesse per primo. Allora lui si distendeva sulla schiena e Chloe se ne stava ripiegata contro di lui. Lei poteva dormire in entrambi i modi; era abituata al costante bisogno che avevano i suoi compagni di stringerla e toccarla.

Spesso la svegliavo infilandole il cazzo nella fica da dietro, scopandola lentamente fino a quando un orgasmo non le faceva aprire gli occhi, il mio sperma a fondo dentro di lei. Dorian non doveva fare altro che sollevarla e farsi cavalcare.

Sin dalla Battaglia della Bestia – più di un anno e mezzo fa, quando avevamo quasi rischiato di perderla – eravamo diventati incredibilmente vicini. Già prima credevo di amarla, ma dopo averla vista salvarci, rischiare tutto per proteggere l'intero battaglione e una bestia ferita, non potevo guardarla senza sentire qualcosa che si rompeva dentro di me.

La amavo così tanto che faceva male, un dolore che accoglievo ben volentieri, la proteggevo e la custodivo come se fosse il più fragile dei tesori. Perché per quanto fosse forte, Chloe era sempre e solo quello per me. La mia vita. La mia anima. Fragile, bellissima e perfetta. L'intensità del legame forse era dovuta alla rivendicazione che avevamo officiato solo qualche giorno dopo, quando io e Dorian l'avevamo rivendicata per la prima volta assieme, rendendo il nostro legame completo, il legame ufficiale. Il giorno in cui era diventata nostra per sempre e i nostri collari erano diventati d'oro.

Non me ne fregava un cazzo del perché. Non importava. Chloe era nostra e noi non avremmo mai smesso di dimostrarglielo. Mi tolsi l'uniforme e la gettai sul pavimento. Entrai nella doccia per lavar via lo sporco, la pazzia della missione. Poggiai una mano sul muro umido e sospirai, ripensando a Chloe e a come l'avevamo presa. Sia lei che Dorian avevano sentito la chiamata e sapevano che avevo quindici minuti prima di dovermi unire alla mia squadra.

"Devo averti. Prima che vada," le avevo detto, la voce rauca e profonda per il sonno, il cazzo duro come un binario. Non potevo vedermi con la mia squadra con un tubo di acciaio nei pantaloni.

Lei aveva la testa sulle braccia di Dorian – le usava come cuscino. La sollevò e mi sorrise. Dorian aveva grugnito, se l'era messa in grembo e l'aveva penetrata. Io avevo afferrato il lubrificante e me l'ero cosparso sul cazzo, concedendomi un po' di tempo per prepararmi mentre Dorian pensava a preparare lei. Solo quando Chloe aveva cominciato ad ansimare e a contorcersi sul cazzo di Dorian, solo quando il suo culo aveva cominciato a stringersi attorno alle mie dita per farsi penetrare più a fondo, solo allora la penetrai e cominciai a scoparla. Non era stato facile, anche dopo tutto questo tempo, ma lei ci accolse entrambi meravigliosamente. Di quando in quando ancora usavamo i dildo e i divaricatori. Ma questa mattina prese solo dei cazzi, perché io avevo bisogno di starle vicino, di sentire la connessione tra di noi prima andare in missione.

E ora la volevo di nuovo. Ma dovevo andarla a prendere sul ponte di comando e, di nuovo, non potevo camminare con il cazzo eretto. E quindi me lo afferrai e cominciai a massaggiarmelo per finire. Era uno spreco di ottimo sperma, mi piaceva quando lo piantavo dentro di lei, ma la persistente adrenalina della battaglia mi aveva preso la mano. Letteralmente.

Indossai velocemente l'uniforme pulita e raggiunsi il ponte di comando a tempo di record. La porta si aprì e lei era lì, seduta alla sua scrivania, le speciali cuffie dell'intelligence calcate sulla testa. Dire che le donavano un aspetto sexy e autoritario era poco. Qui era lei a comandare, o quasi, e io lo trovavo eccitante da morire. Tanto eccitante quando lei si spogliava non appena entravamo nei nostri quartieri dopo una lunga giornata, cadeva in ginocchio, si sottometteva e implorava di avere i nostri cazzi.

Percependo la mia presenza, Chloe si voltò e mi sorrise. "Eccoti qui," dissi a bassa voce, più per me che per chiunque altro.

"Sei tornato," disse.

"Da pochissimo."

"Lo so che non volevi che andassi in missione, ma questo è ridicolo. Non riesco ad alzarmi."

Sorrise e si passò una mano sul pancione. Era così grossa che sembrava che avesse un cocomero sotto l'uniforme nera. Era radiosa, splendente, i capelli raccolti in una semplice coda di cavallo, ed era bellissima, così florida e matura che me lo fece venire di nuovo duro. Meno male che era arrapata come non mai, ora che era incinta.

Le andai vicino, le afferrai le mani e la aiutai ad alzarsi.

"Come sta il nostro ometto?" chiesi poggiandole una mano sul pancione. Mi prese la mano, me la fece scivolare verso il basso e sentii un colpo. Stava scalciando.

"È una piccola ginnasta. Uscirà con un doppio carpiato."

Fin dall'inizio avevamo cominciato ad avere questo dibattito sul sesso del bambino. Nessuno di noi voleva saperlo in anticipo. Forse era perché eravamo cresciuti sulla Terra, dove era abbastanza facile evitare di saperlo. Ma Dorian era irrequieto, voleva sapere che cosa le avessimo piantato nella pancia. Giurava che sarebbe stata una bambina dagli occhi dorati, e io avevo il leggero sospetto che avesse ragione.

"Siamo in grossi guai se questa palla da basket è una femminuccia."

Chloe si tolse le cuffie, le ripose nella scatola e guardò l'ufficio del comandante.

Salutai Karter con un cenno del capo.

"Comandante, vado a rimetterle a posto io." Un soldato tese la mano e Chloe gli consegnò la scatola e guardò Karter per essere sicura che avesse visto il passaggio di consegne. Erano dei gran rompipalle quando si trattava di quel piccolo dispositivo. Grazie a Chloe, aveva salvato migliaia di vite, e nessuno voleva che subisse dei danni. Karter era il responsabile delle cuffie e io ero il responsabile di chi le indossava.

"Andiamo a vedere dov'è Dorian."

"Dio, sì. E poi sto morendo di fame."

Udii la sua scontentezza ma non la percepii attraverso il collare. Era eccitatissima per il bambino, proprio come noi.

Ci dirigemmo verso la mensa. Sapevo che Dorian era lì per il primo pasto della giornata. Quando entrammo, lo trovammo abbastanza facilmente. Era difficile non vedere il grosso guerriero Prillon seduto al tavolo con in braccio una bambina di un anno che sbatteva un cucchiaino contro il vassoio.

I guerrieri attorno a loro sorridevano, erano felici di averla intorno. Non era l'unica bambina sulla nave, ma era l'unica che aveva per genitori due capitani e una comandante.

Dorian si alzò, si avvicinò a Chloe e la baciò, e io andai a sedermi di fianco a Dara. Lei era la luce delle nostre vite e quando era nata io e Dorian ci eravamo sentiti completamente devastati.

Avere una donna per compagna era una cosa, ma una figlia femmina? Eravamo condannati. Ossessivi? Innamorati? Certo. Ma se pensavamo di essere possessivi con sua madre, ci sbagliavamo di grosso. Portavamo la sicurezza e la felicità di Dara all'estremo, facendo ridere tutti gli altri guerrieri.

Come se me ne fregasse qualcosa.

Niente in vita mia era andato secondo i piani, e non potevo esserne più grato. Avevo ottenuto tutto quello che avevo sempre desiderato e avevo deciso di abbandonarlo. E presto, molto presto, avremmo avuto un altro bambino. Dorian aveva probabilmente ragione. Il piccolo acrobata che Chloe aveva nella pancia era plausibilmente un'altra bambina, e noi ci saremmo ritrovati in guai ben più peggiori.

Le nostre ragazze ci tenevano in pugno, e noi non avremmo potuto chiedere di meglio.

Stava diventando sempre più difficile lasciarle per andare in missione. Dorian e io ne avevamo parlato. Andare in pensione. Abbandonare la Coalizione e condurre un'esistenza pacifica su Prillon Prime. Una corazzata non era il posto ideale per far crescere i propri figli.

Chloe amava il suo lavoro, ma era stata lei che aveva ignorato i consigli della dottoressa e aveva rinunciato ai contraccettivi qualche mese fa. Era rimasta incinta quasi subito dopo aver partorito Dara. Certo, noi eravamo dei maschi virili e di certo le avevamo riempito quella sua bella fichetta con abbastanza sperma da concepire una dozzina di bambini, ma solo uno importava. E ora era dentro di lei, e mancavano solo pochi giorni prima che si facesse vedere.

Dorian aiutò Chloe a sedersi e Dara applaudì e lanciò baci alla sua mamma.

"Tutto bene a lavoro?" chiese Dorian. Si era congedato due settimane dopo che era nata Dara. Era entrato nell'ufficio del suo supervisore e aveva consegnato tutti i documenti necessari. Faceva il papà a tempo pieno. Quel grosso Prillon, quel feroce pilota, quel guerriero alto quasi due metri, era la balia principale di un neonato. Dopo che Chloe aveva finito di allattarla, Dorian l'aveva portata dovunque con sé. A sentire lo Sciame. Ad aiutare il Battaglione Karter a recuperare tre dei pianeti in questo settore, un avanzamento del genere, una vittoria di tale portata non si vedeva qui da decine di anni.

Mi piaceva come ci eravamo sistemati, ma ora capivo Dorian. Volevo esserci per questo bambino. Non avevo più bisogno di combattere. Era tempo che soldati più giovani e selvaggi prendessero il mio posto.

"Volevamo chiederti una cosa, compagna," disse Dorian

facendo cenno a qualcuno per farsi portare un piatto per Chloe.

"Oh?" chiese lei giocando a bubusettete con Dara.

"Che ne diresti di passare un po' di tempo su Prillon Prime?"

"Sarebbe bello se Dara e il piccolo acrobata conoscessero i loro nonni."

La famiglia di Dorian viveva lì e avevano visto Dara solo una volta, e solo per pochi giorni. La mia famiglia ora era Sarah, mia sorella, e lei viveva su Atlan con l'enorme bruto che aveva per compagno, una bestia di nome Dax. I miei fratelli erano stati uccisi dallo Sciame. I miei genitori? Morti da tempo. Questa famiglia, la mia famiglia, era l'unica cosa di cui mi importasse in tutto l'universo.

Guardai Dorian, poi Chloe. "Stavamo pensando, sempre se sei d'accordo, di trasferirci lì."

Un soldato portò un piatto di roastbeef e purè di patate per me e per Chloe. Una specialità della Terra che sembrava piacere a tutti.

"Su Prillon Prime?" chiese lei prendendo la forchetta.

"Sì." La voce di Dorian era calma, ma io percepivo la sua esitazione. Non dovevamo farla arrabbiare, nel suo stato.

"Mi domandavo quando vi sareste decisi a chiedermelo."

Dorian e io ci guardammo come se le fosse spuntata una seconda testa. Dara batté le mani con gioia. Per cosa, non lo sapevo proprio. Era la gioia di esistere. Era perfetta, proprio come sua madre, con i suoi capelli scuri e gli occhi verdi.

"Intendi dire che vorresti trasferiti?"

"Una corazzata non è il posto adatto per allevare dei figli."

Guardai Dorian e lui fece spallucce.

"Anche noi la pensiamo così, ma non eravamo sicuri che tu volessi…"

"Cosa? Andare in pensione?"

"Beh, sì," risposi. "Io sono pronto. Sono stufo di combattere. Ho fatto il mio dovere. Non possiamo tornare sulla Terra, né voglio farlo. Dorian può trovarci una casa vicino a quella dei suoi genitori su Prillon. Potremo cominciare una nuova vita."

"Ok." Chloe ci sganciò addosso quella bomba senza nemmeno battere ciglio. "Ne ho già parlato con Karter. Lui ha parlato con l'intelligence e possono trasferirmi in una base di comando su Prillon Prime. Quando siete pronti." Ci guardò facendo svolazzare le sue lunghe ciglia. "Stavo aspettando voi due. Io sono mesi che sono pronta."

"Hai parlato con Karter?" chiese Dorian. La nostra compagna sorrise, quel suo sorriso riservato e femmineo che mi faceva impazzire, e sentii che il cazzo mi si induriva un'altra volta.

"Non riesco a non pensare al pericolo che corriamo. A Dara. Quando Seth va in missione... e ci penserò ancora di più dopo che sarà nata lei." Si passò una mano sul pancione. "Il Comandante Karter mi ha detto che voi due verrete assegnati a un centro addestramento per guerrieri nella capitale. È lì che si trova il comando principale. E un'altra terrestre, la regina, c'è anche lei là, no? Jessica? E anche loro hanno un figlio. Qualcuno con cui i nostri bambini possono giocare."

Dorian sembrava scioccato. Proprio come me. La nostra compagna aveva organizzato la nostra vita, aveva cambiato tutto, e aveva semplicemente aspettato che decidessimo di smettere di combattere. Se mi avesse chiesto di congedarmi sei mesi fa, le avrei rifilato la solita ramanzina riguardo la guerra e il mio dovere di proteggere la Terra e gli altri pianeti.

Ma ora basta. Avevo sacrificato anni della mia vita e due fratelli per combattere lo Sciame. Ero stanco, non fisicamente. La mia anima era stanca. Ogni volta che guardavo il visetto pieno di gioia di Dara, ai suoi occhi innocenti, era sempre più difficile lasciarla e andare là fuori. E la morte. E uccidere. Ero così stanco di uccidere.

Ora, il mio dovere era verso di lei. Dara. Verso il piccolino che stava crescendo nel pancione di Chloe. Dorian era sicuro che il nostro secondo figlio sarebbe nato con gli occhi e i capelli dorati, che sarebbe stato lui il padre biologico. Non vedevo l'ora di vedere che aspetto avrebbe avuto, il membro più nuovo della nostra famiglia. Una nuova vita innocente, da proteggere e amare.

Chloe sorrise e si portò un boccone di purè sulle labbra ancora inarcate dal suo sorrisetto. "La Flotta può inviare le informazioni verso Prillon Prime, tutte le comunicazioni che vogliono che ascolti e decifri. Qualunque cosa debba fare, posso farla da lì. E stanno espandendo il programma, vogliono reclutare altri decrittatori, e quindi non dovrò lavorare troppo. La compagna del Principe Nial è umana, e il Comandante Karter gli ha spiegato qual è la mia situazione." Si accarezzò di nuovo il pancione sorrise a Dara. "Ha capito. Ha detto che posso lavorare part-time, potró scegliere i miei orari. Il successo che abbiamo ottenuto in questo settore era la prova di cui aveva bisogno il dottor Helion. Adesso ha l'approvazione del Principe e può reclutare altri guerrieri."

"Oh, uhm, va bene allora," dissi. Non sapevo cos'altro dire. Infilzai con la forchetta un altro pezzo di carne, lo masticai e lo ingoiai. Merda. Perché mi sentivo come se mi avessero preso a martellate? Ero pronto a combattere, pronto a persuaderla, a convincerla a lasciare la nave. A implorarla. A sedurla. Avrei fatto di tutto. E lei era pronta ad andarsene da mesi.

Probabilmente sin da quando era nata Dara.

"Beh, è stato facile," disse Dorian scoppiando a ridere. "La nostra brillante compagna è un passo avanti a noi, Seth."

"Tutti questi segreti, Chloe. Penso proprio che dovremo sculacciarti per questo."

La mia compagna, la mia sexy, sprezzante compagna gettò la testa all'indietro e scoppiò a ridere. Dara ridacchiò con lei, imitando i suoi movimenti in un accesso di gioia. "Non avete visto niente, ragazzi miei. Aspettate fino a quando non vi avrò circondato con donne furbe e sfacciate. Voglio avere sette, otto figlie. Voglio farvi impazzire."

Dorian si sporse in avanti e le baciò il pancione, al cui interno ero ormai sicuro ci fosse un'altra bellissima bambina. "A giudicare dalla nostra incapacità di non saltarci addosso in continuazione, pensò proprio che la tua predizione si avvererà molto presto."

Il mio cazzo si gonfiò sotto al tavolo. Una casa piena di bambini. Maschi o femmine, per me non faceva nessuna differenza. Sarebbero stati amati. Protetti. E la nostra sorridente compagna, felice e soddisfatta, sarebbe stata lontana da questa corazzata, dallo Sciame, e dal pericolo che avevamo corso sin dal giorno in cui l'avevamo reclamata.

"Promesse, promesse," dissi. "E se ti dicessi che io voglio una casa piena di marmocchi? Almeno dodici?"

Dorian alzò la testa, completamente d'accordo con me. Chloe gli infilò la mano tra i capelli, amandolo, accarezzandolo.

L'amore che fuoriusciva dai nostri collari era così forte che mi faceva bruciare gli occhi, mi si chiudeva la gola, e il dolore che l'amore che provavo per lei mi procurava mi riempì dolcemente. Chloe si sporse in avanti e così da potermi parlare. "Se finiamo presto di mangiare, pensi che potreste prendermi come avete fatto stamane?"

Le sue parole mi fecero venire voglia di metterla sul

tavolo – con cautela – e di scoparla, ma deglutii con forza. "Dolcezza, stai per caso provando a darmi degli ordini?"

Lei ebbe l'arrendevole grazia di abbassare gli occhi e arrossire, ma poi sollevò la testa e mi guardò negli occhi. "Capitano, sono incinta di nove mesi. Se ho voglia di farmi scopare da i miei due compagni, allora è proprio questo quello che faremo. Non ti venga mai in mente di metterti a discutere con una donna incinta."

A quel punto si avvicinò il Comandante Karter. Si chinò e fece le pernacchie sulle guance di Dara. La sua risata squittente attirò una dozzina di sguardi, per la maggior parte bestie Atlan che sembravano sempre gironzolare attorno alla mia compagna ogni volta che se ne andava in giro per la nave. Sapevano tutti quello che aveva fatto per Anghar, e si era guadagnata il rispetto e la protezione di ogni bestia sulla nave.

E così anche la nostra bambina. Il che a me andava benissimo.

Il comandante permise alla piccola Dara di afferrargli i capelli e di tirarli con forza. Era raro vederlo sorridere. Con gentilezza, districò le dita della bambina dai propri capelli e si rivolse a noi. "Capitani penso che dovreste dare ascolto alla Comandante Phan e obbedire ai suoi ordini. E mentre voi vi occupate di quell'importantissima missione, sarà lo zio Karter a prendersi cura di Dara."

Karter era diventato una sorta di zio per Dara, le faceva da babysitter e si trasformava in uno scemo ogni volta che l'aveva attorno. Nessuno diceva una parola. Non osavano.

Il modo in cui la nostra compagna ci guardava mi fece capire che questa notte ne avremmo viste delle belle. Voleva essere scopata con forza, e noi eravamo gli unici che potevano farlo.

Dorian e io ci alzammo. "Sì, madame," dicemmo serissimi.

La presi per mano e la aiutai ad alzarsi e, dopo aver baciato Dara sulla testa – che al momento si era completamente dimenticata dei suoi genitori perché lo zio Karter non la smetteva di farle le facce buffe –, la condussi fuori dalla mensa, verso i nostri alloggi.

"Comandi tu, compagna," dissi Dorian. "Siamo ai tuoi ordini."

"Sì, esatto. Siamo tutti tuoi," dissi. Non era niente di meno della verità. Noi le appartenevamo. Con i collari a connetterci, era impossibile nasconderle i nostri bisogni, i nostri desideri. La nostra devozione non aveva fatto che rafforzarsi col tempo.

La porta dei nostri alloggi si aprì. Chloe si voltò e io andai a sbatterle contro il pancione. Dorian, in piedi di fianco a me, la guardava con un sorriso famelico. Ci piaceva un sacco quando Chloe era di quest'umore. Selvaggia. Sexy.

Esigente.

Rendeva la sua sottomissione ancor più dolce.

Ci afferrò per l'orlo delle magliette e cominciò a tirarle. "Esatto. Voi siete miei. E vi voglio entrambi. Subito."

La porta si chiuse dietro di noi, e noi demmo alla nostra compagna esattamente quello di cui aveva bisogno. Per tutta la notte.

ISCRIVITI ALLA NEWSLETTER

Iscriviti alla mia mailing list per essere il primo a sapere di nuove uscite, libri gratuiti, prezzi speciali e altri omaggi di autori.

http://ksapublishers.com/s/bw

ALTRI LIBRI DI GRACE GOODWIN

Programma Spose Interstellari

Dominata dai suoi amanti

Il compagno prescelto

La compagna dei guerrieri

Rivendicata dai suoi amanti

Tra le braccia dei suoi amanti

Unita alla bestia

Domata dalla bestia

La compagna dei Viken

Il Figlio Segreto

Amata dalla bestia

L'amante dei Viken

Lottando per lei

Programma Spose Interstellari: La Colonia

La schiava dei cyborg

La compagna dei cyborg

Sedotta dal Cyborg

La sua bestia cyborg

ALSO BY GRACE GOODWIN

Cyborg Seduction

Her Cyborg Beast

Cyborg Fever

Rogue Cyborg

Cyborg's Secret Baby

Her Cyborg Warriors

Interstellar Brides® Program: The Virgins

The Alien's Mate

His Virgin Mate

Claiming His Virgin

His Virgin Bride

His Virgin Princess

Interstellar Brides® Program: Ascension Saga

Ascension Saga, book 1

Ascension Saga, book 2

Ascension Saga, book 3

Trinity: Ascension Saga - Volume 1

Ascension Saga, book 4

Ascension Saga, book 5

Ascension Saga, book 6

Faith: Ascension Saga - Volume 2

Ascension Saga, book 7

Ascension Saga, book 8

Ascension Saga, book 9

Destiny: Ascension Saga - Volume 3

Other Books

Their Conquered Bride

Wild Wolf Claiming: A Howl's Romance

I LINK DI GRACE GOODWIN

Puoi seguire Grace Goodwin sul suo sito, sulla sua pagina Facebook, sul suo account Twitter, e sul suo profilo Goodread usando i seguenti link:

Web:

https://gracegoodwin.com

Facebook:

https://www.facebook.com/profile.php?id=100011365683986

Twitter:

https://twitter.com/luvgracegoodwin

Goodreads:

https://www.goodreads.com/author/show/
15037285.Grace_Goodwin

L'AUTORE

Grace Goodwin è un'autrice di successo negli Stati Uniti e a livello internazionale, di romanzi di fantascienza e paranormali. I titoli dell'autrice sono disponibili in tutto il mondo in più lingue nel formato e-book, cartaceo, audio e app di lettura. Due migliori amiche, una l'emisfero destro e l'altra quello sinistro, compongono il pluripremiato duo di scrittrici Grace Goodwin. Sono entrambe madri, appassionate di escape room, avide lettrici e intrepide bevitrici delle loro bevande preferite. (Potrebbe esserci o meno una guerra tra tè e caffè in corso durante le loro comunicazioni quotidiane.) Grace ama ricevere commenti dai lettori.

9 781795 905534